프롤로그

11월

그럴듯한 선택지들이 일목요연하게 나열되어 있다.
그 가운데 진짜 정답을 가려내는 것이 우리의 일이다.
차곡차곡 정답을 쌓아 올리면 모든 문제는 해결된다.
실수는 용납되지 않는다.
지금의 희생과 인내는 모두 보상받을 것이다.

그렇게 믿어야 한다고, 모두가 말한다.

하지만 문제는 여지없이 계속된다.
문제는 우리를 놓아줄 생각이 없다.

그래서 말이야, 때로는 우리가 먼저 등을 돌려야 해.

**정답은
아직이야**

정답은 ✓
아직이야

이준아 장편소설

차례

12월, 김이온의 문제

은발로 할 것이다.

아정이가 추로스를 받아 들었을 때, 나는 일생일대의 고민을 막 끝마친 참이었다. 첫 염색을 앞두고 컬러를 고르는 데는 생각보다 많은 시간이 필요했다.

"결심했어. 은발로 할래."

"뭐? 은발?"

내 말에 아정은 하마터면 추로스를 떨어트릴 뻔했다. 나는 추로스를 쥔 아정의 손을 끌어당겨 크게 한입 베어 물었다. 평소라면 많이 먹지 말라고 소리부터 빽 질렀을 텐데, 아정은 댕강 잘려 나간 추로스 단면을 보고도 웬일로 아무 말이 없었다.

"오, 김이온 너무 막 나가는 거 아니야?"

"아무리 생각해도 다른 컬러는 식상해. 은발이 좋겠어."

"그거 탈색 엄청 해야 할 텐데, 괜찮겠어?"

"까짓것 해 보지 뭐."

말은 그렇게 했지만 나 역시도 마음속에 일렁이는 작은 떨림은 멈출 수 없었다. 은발 염색은 박온과 함께 지워 나가기로 약속했던 버킷 리스트 중 하나였다.

수능이 끝나면 둘이 같이 백발이 되어 버리자.

누가 먼저랄 것도 없이 우리는 굳게 맹세했었다. 일이 이렇게 될 줄도 모르고.

속사정을 알 리 없는 아정은 게임 캐릭터와 아이돌 멤버 이름을 무작위로 갖다 대며 그렇게 생각한 이유를 캐물었다. 아정에게 이유 없는 행동이란 없었다. 결과가 분명하지 않은 일에 힘을 들이는 일도 좀처럼 없었다. 그러니 탈색을 몇 번이나 하면서까지 감행해야 하는 은빛 머리카락에는 정당한 근거가 있어야 했다.

"그냥 좀 밝게 염색이나 하자는 줄 알았지 무슨 은발씩이나, 사춘기냐?"

"왜에, 지금 아니면 언제 해 봐. 근사하지 않아?"

아정에게는 장난스럽게 답했지만 은발로 결심한 뒤부터 내 머릿속은 온통 박온 천지였다. 드디어 수능이 끝났다고, 그래서 약속대로 백발이 되었다고, 박온 앞에 나타나면 그 애는 어떤 반응을 보일까. 잘 어울린다며 활짝 웃어 줄까, 아니면 배신자라며 버럭 화를 낼까. 그 어느 쪽도 박온답지 않았다. 가장 확률이 높은 쪽은 완벽한 무관심이리라. 박온은 여전히 나를 향해 모든 감정을 끈 오프 상태일 것이 분명하다.

온 앤 오프.

김이온과 박온, 이름의 끝 글자는 같지만 정반대의 성격을 가진 나와 박온을 두고 아이들은 '온 앤 오프'라고 불렀다. 언제나 방방 떠 있는 내가 온On, 누가 전원을 끄기라고 한 것처럼 늘 무표정인 박온이 오프Off 였다.

현성고등학교가 남학교에서 남녀공학으로 바뀐 첫 해, 딸을 가진 보통의 부모들은 2-3학년에 남자들만 바글바글한 학교에 배정받는 것을 꺼렸다. 아, 물론 우리 엄마만 빼고.

"김이온! 너 이제 온이랑 같은 학교에 갈 수 있게 되었어!"

"그게 무슨 소리야?"

"현성고가 남녀공학이 된다네! 너무 잘됐다, 그치?"

엄마가 하도 쾌재를 부르길래 결국 박온과는 고등학교도 같이 가는구나, 그렇게만 생각했다. 친한 무리 중에 현성고등학교를 1지망으로 쓴 애는 한 명도 없었지만 크게 신경 쓰지 않았다. 박온이 있으면 그렇게 외로울 것 같지 않았다. 물론 박온에게 이런 솔직한 마음을 내비친 적은 한 번도 없었지만.

"야 빡온! 나 너랑 같은 고등학교 간다는데?"

"그렇구나."

"뭐야, 안 반가워?"

"뭐, 그럭저럭."

박온은 늘 그런 식이었다. 맥락과 상관없이, 어법과 상관없이, 그저 그럭저럭. 어릴 때도 특별히 감정이 풍부한 편은 아니었지만 그래도 좋고 싫음은 분명했는데, 중2병이 잘못 걸렸는지 박온의 이런 태도는 우리 동네로 이사 온 이후부터 더 심해졌고, 고등학교에 가서도 매사에 심드렁했다.

그해 현성고등학교에 입학한 여학생의 수는 한 학급을 간신히 채울 정도였다. 우리 엄마를 제외한 나머지 여학생의 부모들은 남학생들과의 분리를 강력하게 주장했고, 그렇게 결정된 남녀 분반은 삼 년 내내 이어졌다.

아정은 연년생인 쌍둥이 오빠들이 같은 학교에 다닌다는 이유만으로 현성고등학교로 보내진 경우였다. 아정과 나는 누군가와 세트로 묶여 현성고등학교에 왔다는 공통점을 계기로 빠르게 친해졌다. 하긴, 삼 년 내내 같은 반이었으니 특별히 다른 대안도 없었다.

"오, 쟤야? 저렇게 생겼으면 얘기가 다르지. 난 또 오크인 줄."

박온을 처음 봤을 때 아정은 내 옆구리를 쿡 찌르며 말했다. 잘생기고 인기 많은 걸로 치면 아정의 쌍둥이 오빠들이 한 수 위였는데도 아정은 박온의 가능성을 매우 후하게 쳤다.

"쟤 살만 조금 빼고 키만 조금 더 크면 인기 겁나 많아질걸? 미리 친해져야겠다. 나 소개 좀 해 줘."

그때의 박온은 그렇지 않아도 하루가 다르게 무섭게 크는 중이었다. 자라는 내내 나와 엎치락뒤치락하던 박온의 키는 중학교 졸업과 동시에 기세를 달리기 시작했다. 자다가 툭하면 다리가 아파 깬다는 박온의 말에 나는 어쩐지 조금 샘이 나기도 했다. 나의 성장은 중학교 3학년 여름방학 이후로 휴지기에 들어갔기 때문이다.

"야, 걔 원래 그렇게 말이 없어? 답답해 죽겠어. 친해지고 싶다는 말 취소. 속 터지겠다."

두 사람이 친해져서 나쁠 것 없다는 생각에 함께 어울리는 자리를 몇 번 만들어 봤지만 모두 헛수고였다. 박온은 유독 아정이 앞에서 더 말이 없었다. 그렇다고 박온이 아정을 제외한 다른 애들과는 떠들썩하게 잘 지내느냐 하면, 물론 그것도 아니었다. 그래도 조곤조곤 제 할 말은 다 하는 앤데, 하고 생각해 보니 그런 모습은 어쩌면 나만 알고 있을지도 모른다는 결론을 내렸다. 자세히 관찰해 보니 그 흔한 온라인 게임도 하지 않는 박온에게 친구는 딱 두 부류였다. 가끔 같이 축구하고 농구하는 애들, 그리고 나.

"너같이 사교적인 애랑 박온같이 내성적인 애가 어떻게 절친일 수 있어?"

고등학교 삼 년 내내 아이들은 심심하면 한 번씩 물었다. 나에게도 정확한 답은 없지만.

내가 '혜연 이모'라고 부르는 박온의 엄마와 나의 엄마는 한동네에서 초중고를 같이 나온 오랜 친구다. 이모가 서울에 있는 대학에 진학하고 우리 엄마가 고향에 남아 취직을 한 이후에도 둘의 우정은 더 깊어졌을지언정 조금도 변함이 없었다고 했다.

"사람들이 다들 그랬거든, 서울 가면 끝이라고. 고향 친구 시시해진다고. 결혼할 때 청첩장이나 돌리지 어디 계속 어울리게 될 것 같냐고. 그런데 우리는 달랐어. 멀어지면 멀어질수록 더 끈끈해졌지."

엄마는 간혹 아빠와 맥주잔을 기울이며 푸념하듯 털어 놓았다.

"멀어져도 괜찮으니까 서울 간 김에 제대로 떵떵거리면서 살지, 이게 뭐야 이게."

나는 그럴 때면 관심 없는 척하면서 방으로 들어가 문을 살짝 열어 두었다. 내 방은 주방 바로 옆에 붙어 있기 때문에 주방에서 얘기하면 아무리 목소리를 죽여도 충분히 대화의 요지를 파악할 수 있었는데, 이모에 대한 이런저런 회상을 곁들이다 보면 언제나 그 끝엔 박온 아빠에 대한 원망이 있었다.

"잘나가면 뭐 해. 밖에서만 다정한 가장인 척하면 뭐 하냐고. 실상은 사사건건 와이프 쥐락펴락하는 사이코구먼."

애 앞에서 못 하는 소리가 없다는 아빠의 핀잔에도 엄마는 아랑곳하지 않았다.

"왜, 이온이도 알 건 알아야지. 이온아, 남자가 아무리 능력이 좋고 잘나도 인성이 먼저야 알았지? 결혼은 사람이랑 하는 거야, 기계랑 하는 게 아니고, 알았지?"

"우리 이온이 비혼주의자랬어. 평생 아빠랑 살 거래, 맞지?"

내가 뭐라고 대답도 하기 전에 아빠는 언제나 먼저 끼어들었다. 장난인지 진심인지 알 수 없는 얼굴이었다.

"혜연이가 공부만 잘했지 순 헛똑똑이야. 당신도 알잖아? 내가 옛날에 농담으로, 우리 이온이는 한우 투뿔 아니면 안 먹는다고 했더니 진짜 집으로 한우 투뿔, 그 비싼 걸, 한 10인분 보낸 거 기억나? 우리 그때 이박삼일 내내 고기 구워 먹느라 집 안 구석구석 냄새 안 밴 데가 없었잖아."

그랬다. 어릴 때부터 내 입으로 들어온 최고급 식재료의 원천은 대부분 혜연 이모였다. 명절이면 집으로 차고 넘치게 선물이 들어온다고, 몇 개쯤 빼돌려도 티도 안 난다며 이모는 우리 집으로 온갖 것들을 바리바리 싸들고 왔다. 그중에는 명절 선물로는 전혀 보이지 않는, 나를 위한 새 옷들도 가득했다.

"온이 옷 살 때 같이 사면 들킬 일이 없어. 몇 벌 샀는지까지 확인하진 않으니까. 이 브랜드는 여자애들 옷이 진짜 예쁘더라, 이온이 이모 앞에서 한번 입어 봐라, 응?"

이모가 탁월한 센스로 고른 백화점 옷들은 어린 내가 봐도 엄마가 사 오는 보세 옷들과는 차원이 달랐다. 그럴 때면 나는 기꺼이 이모 앞에서 한바탕 패션쇼를 열었다.

내가 그러고 있을 때 박온은 우리 엄마가 입에 쏙쏙 넣어 주는 반찬을 아기 새처럼 잘도 받아먹었다. 간이 세고, 양념이 진하고, 지나치게 푸짐한 엄마의 밥상을 박온은 진심으로 좋아했다. 케첩에 볶은 비엔나 소시지, 달고 짠 멸치볶음, 큼지막한 계란말이, 나에게는 하루가 멀다고 밥상에 올라오는 지겨운 반찬이었지만 박온은 무슨 진귀한 요리를 대하듯이 기뻐했다. 그렇게 우리끼리 단란한 가족 흉내를 내고 있으면 아빠는 옳거니 하고 자유를 만끽했다. 모두가 행복한 시간이었다.

그러던 어느 날, 사방이 캄캄한 아주 늦은 밤, 혜연 이모는 박온의 손을 붙들고 우리 집 문을 두드렸다. 사전에 어떤 연락도 없이 넋이 나간 표정으로 현관에 들어선 이모는 엄마를 보자마자 주저앉아 울기 시작했다. 다 큰 어른이, 그것도 언제나 우아한 줄만 알았던 혜연 이모가 다 내려놓고 흐느끼는 모습에 고작 초등학교 5학년이었던 나는 크게 당황했지만, 엄마와 박온은 처음 겪는 일이 아니라는 듯 지나치게 차분했다.

"내가 올 데가 여기밖에 없더라고. 밤늦게 미안해 영진아, 우리 하루만 재워 줘."

"여기서 평생 산다고 해도 안 말리니까 일단 신발 벗고 들어와. 온이가 보고 있잖아. 정신 차려."

엄마가 이모를 진정시키는 동안 내 방으로 들어온 박온은 말없이 침대 옆에 쪼그려 앉았다. 나한테 생일 선물로 줬으면서 우리 집에 올 때마다 제 것인 양 소중하게 끌어안는 골든 리트리버 인형을 어느새 무릎에 올려놓은 채로. 박온의 손이 진짜 강아지를 쓰다듬듯 부드럽게 털을 쓸어내렸다.

"무슨 일 있어?"

"아빠가 나를 때렸어."

"뭐? 아저씨가? 왜?"

"내가 아빠 바람 피운 거 할머니 할아버지한테 다 말했거든. 그랬더니 버릇없는 놈이라고 뺨을 세게 때렸어. 엄마가 나 맞자마자 바로 여기로 데려온 거야."

나는 뭐라고 대답해야 할지 몰라 바보 같은 표정으로 엉거주춤 서 있었다. 그때나 지금이나 나는 사려 깊은 위로에는 영 소질이 없었다. 자세히 보니 박온의 뺨이 붉게 달아올라 있었다. 나는 박온의 옆에 쪼그려 앉아 얼굴을 자세히 들여다보았다.

"얼굴 많이 아파?"

강아지 인형을 쓰다듬던 박온의 손길이 잠시 멈칫했다. 고개를 숙인 모습 그대로 박온은 대답했다.

"별로."

'별로'는 '그럭저럭' 다음으로 박온이 많이 하는 말이었다.

*

수능을 코앞에 두고 틀어진 박온과의 사이는 수능이 끝난 후에도 회복될 기미가 보이지 않았다. 엄마는 저녁을 먹을 때면 은근슬쩍 한 번씩 물었다.

"너 아직도 온이랑 말 안 해?"

"안 한다니까."

"그래, 알았어. 그래 뭐, 시간이 약이니까 괜찮아지겠지."

시간이 약이 될 수 있다니, 어느 정도의 시간을 말하는 걸까.

나와 박온의 사이가 이 지경이 됐는데도 엄마와 혜연 이모는 여느 때보다 다정했다. 특히 이모가 나를 대하는 태도가 더없이 애틋했는데, 나는 그 반응이 부담스러워 미칠 지경이었다.

이온이 없었으면 이모는 어쩔 뻔했니.

이온이 없었으면 우리 온이는 또 어쩔 뻔했고.

이모의 눈꼬리가 처질 때마다 나는 급격히 불안해졌다.

'이모가 그렇게 슬픈 얼굴이 되면 박온은 영원히 저를 미워할 거예요.'

어른에게 도움을 요청하는 것이 옳은 일이었다고 아무리 되뇌어 봐도, 벌겋게 달아오른 두 눈을 부릅뜨고 나를 쏘아보던 박온의 모습이 잊히지 않았다.

박온에게는 스트레스를 받을 때마다 팔뚝을 세게 긁는 습관이 있었다. 어찌나 세게 긁어대는지 손톱에 피가 맺힐 정도였다. 하지만 자주 있는 일은 아니었고, 상처 없이 금방 아물고는 했다. 적어도 고3이 되기 전까지는.

처음엔 그저 입시에 치여 그런가 보다 했다. 공부는 언제 그렇게 하는지, 성적도 좋은 주제에, 그래도 고3이라고 스트레스를 받긴 받는구나, 그렇게만 생각했다. 하지만 그런 것 치고는 시험 기간이나 모의고사 때 박온의 팔은 비교적 멀쩡했다. 고통을 받는 이유가 따로 있는 것 같았다. 그리고 그 연결고리를 찾아내기까지 나는 상당히 긴 시간 박온에게 집중할 수밖에 없었다. 한 글자라도 더 들여다봐야 할 고3이 그러고 있었다는 건 내가 생각해도 좀 한심했지만.

박온은 학생부교과전형으로 A대와 D대 수시에 지원했다. 압도적인 성적으로 전교 1등을 놓친 적이 없는 박온이었고, 특히 D대는 안정권이었기 때문에 모두가 합격을 점쳤다. 두 명문대가 요구하는, 결코 최저 같지 않은 수능 최저 등급을 가뿐히 넘길 수 있는 박온이기에 더욱 그랬다. 지나가는 선생님마다 당부가 이어졌고, 박온은 그때마다 무표정한 얼굴로 고개를 꾸벅 숙이며 수긍했다. 몇몇 아이들은 그런 박온을 보며 '재수없는 새끼'라고 쑥덕거렸다.

"빡온 진짜 좋겠다, 서울 갈 때 나도 좀 데려가, 응?"

"아직 합격한 거 아니야, 수능 지나 봐야 아는 거지."

박온의 실력이면 면접도, 최저 등급도 문제가 아닐 텐데 정말로 조금도 들뜨지 않는 걸까? 박온의 표정은 내가 마지막 치킨 조각을 양보했을 때보다도 즐거워 보이지 않았다. 오히려 수시모집에 지원한 이후로 박온의 팔은 걷잡을 수 없이 만신창이가 되어 갔다. 누군가 박온에게, 이제 마무리만 잘하면 되겠다고 격려할 때, 전교 1등은 역시 다르다고 칭찬할 때, 합격하면 엄마가 정말 기뻐하시겠다며 등을 두드릴 때, 그때마다 박온은 뒤돌아 팔을 긁었다. 그 모든 말들이 팔을 움켜쥐고 놔주지 않는다는 듯 세고 격렬하게 팔등을 쥐어뜯었다.

상처가 아물 시간이 부족할 정도로 심해져서 셔츠의 팔 부분이 붉게 물드는 지경까지 갔을 때, 나는 혜연 이모에게 실토할 수밖에 없었다. 이모는 내가 관찰한 정황들을 주의 깊게 들으며 거의 울 것 같은 얼굴이 되었다. 그러자 나는 덜컥 겁이 났다.

"죄송해요 이모, 제가 착각한 걸 거예요. 그냥 우연일 수도 있어요."

"아니야, 이온아, 다른 사람도 아니고 이온이 네가 그렇게 생각했다면 뭔가 문제가 있는 거겠지. 말해 줘서 정말 고마워."

이모가 모든 것을 해결해 줄 수만 있다면 얼마나 좋을까. 나는 간절히 바라면서도 충동적으로 시작해 버린 고해성사 같은 대화를 후회하는 중이었다. 박온은 화를 낼 것이다. 아주 많이. 나에게 화가 난 박온 만큼은 보고싶지 않았다.

그리고 이틀 뒤, 어김없이 굳은 얼굴로 박온이 교실에 찾아왔다. 전날까지만 해도 나와 보폭을 맞춰 나란히 걸어 주던 박온은 이미 사라지고 없었다.

"김이온, 네가 엄마한테 말했어?"

"미안해 온아, 나는 너무 걱정돼서."

"너 미쳤어? 우리 엄마 몰라서 그래?"

비밀로 하기엔 네가 망가질까 봐 너무 겁이 났다고, 나는 박온에게 솔직하게 말하지 못했다. 그 어떤 변명도 듣기 전에 박온이 저만치 멀어졌기 때문이다. 저벅저벅 걸어가는 박온의 뒤통수가 낯설었다. 그러고 보니 박온은 나를 앞질러 걸은 적이 없다는 생각이 들었다. 느릿느릿한 내 걸음에도 언제나 속도를 맞춰 주었으니까.

엄마의 전언에 따르면 혜연 이모는 나의 고백 이후 박온과 긴 이야기를 나눴다고 했다. 박온은 그저 수능에서 다 망쳐 버릴까 봐 긴장돼서 그런 거라고, 이온이가 원래 상상력이 풍부하지 않느냐며 능숙하게 혜연 이모를 안심시킨 듯했다.

엄마의 말을 듣고 정말로 그런 걸지도 모른다는 생각이 들었다.

'그래 내가 또 쓸데없이 끼어든 거지, 긴장한 게 맞을 거야, 아무리 강심장인 박온이라도 최저 등급 때문에 대학에 떨어지면 너무 억울할 테니까.'

하지만 마음 한구석은 여전히 그게 아니라고 말하고 있었다.

"으아, 이거 원래 이렇게 따가워요?"

"내가 경고했잖아 엄청 따가울 거라고."

미용실 언니가 고개를 절레절레 흔들며 시야에서 사라지자, 아정이 재빨리 옆으로 다가왔다.

"야, 저 언니 코 한 거 맞지? 이목구비가 완전 달라졌어. 봤어?"

"야, 쪼아, 나 지금 눈도 제대로 못 뜨겠거든."

"그러길래 갑자기 무슨 은발이야, 은발이."

진작에 밝은 갈색으로 염색을 끝낸 아정은 만족한 표정으로 내 앞에 있는 거울을 들여다봤다. 아정은 언제나 옳은 방향을 선택할 줄 안다. 고등학교 1학년 첫 중간고사 이후로 자신의 위치를 정확히 파악했고, 삼 년 동안 지치지도 않고 수행평가와 생활기록부를 야무지게 관리했으며, 수시 지원 기간이 되자 가장 적합한 전형을 골라 최저 등급이 없는 학생부종합전형을 노렸다. 하다못해 미용실에서도 자신의 퍼스널 컬러에 맞는 컬러를 시행착오 없이 척척 골랐다. 그런 아정을 곁에 두고도 매번 삐끗거리는 내가 신기할 정도였다. 엄마 말대로 내가 아정이랑 박온 하는 것만 그대로 따라 했어도 절반은 성공했을 텐데, 나는 늘 이렇게 대책이 없다.

"나는 오빠들한테 늘 치여 살았거든. 내가 내 걸 안 챙기면 기회가 없으니까, 이렇게 할 수밖에 없었어. 그러니까 그렇게 부러워하지 않아도 돼."

너는 정말 대단한 아이구나. 내가 아정의 정보력과 행동력에 감탄할 때마다 아정은 늘 오빠들에게서 그 이유를 찾았다. 한 학년 위에서 버티고 있었던 아정의 두 오빠는 탁월한 피지컬과 잘생긴 얼굴에 수완까지 좋아서 인기에 걸맞게 늘 이런저런 소문이 끊이지 않았다. 아정은 제 오빠들에 관한 일이라면 남보다도 못한 자세로 한 발짝 떨어져 있었기 때문에 직접적으로 관여하는 일을 드물었다. 하지만 워낙 존재감이 대단한 오빠들이었기 때문에 같은 학년 남자애들은 장난으로라도 아정이의 심기를 건드리지 않았다. 늘 아정과 붙어 있는 나도 어부지리로 귀찮은 일을 피할 때가 많았기 때문에 그건 그것대로 만족스러웠다. 문제는 박온이었다.

"나는 그 형들 너무 마음에 안 들어. 그래서 조아정도 별로야."

"넌 뭐 그렇게 별로인 게 많냐. 아정이도 이제 너 별로래. 넌 그럼 기분 안 나빠?"

"별로."

아정의 오빠들이 싫어서 아정이까지 싫다는 박온의 논리를 도무지 납득할 수 없었다. 하지만 박온이 한번 정한 마음을 꺾기란 불가능에 가까웠다.

"야, 그래서 박온은 최저 통과했대?"

"나도 몰라. 당연히 최저 등급은 넘었겠지."

"너 아직도 걔랑 쌩까? 도대체 이유가 뭐야?"

아정은 박온과 내가 갑자기 사이가 틀어진 이유를 알지 못했다. 아정은 애초에 박온과 내가 이렇게까지 가까운 이유도 이해하지 못했다. 사귀는 것도 아니고, 성향도 전혀 다르고, 엄마끼리 친해서 어릴 때부터 봤다는 이유만으로 그 모든 성격 차가 극복된다고? 아정이 몇 번을 물어도 내게 정답은 없었다. 그냥, 친하고, 편해, 내가 대답하면 아정은 뭐가 불만인지 늘 얼굴이 부루퉁했다. 하지만 아정이 결정적으로 박온에 대해 이해하지 못하는 것은 따로 있었다.

"박온 걔, 나 싫어하는 거 맞지? 도대체 이유가 뭐래?"

나 역시 박온에게 몇 번을 물어도 시원한 답이 없는 문제였다. 너 그냥 별로래, 라는 말을 어떻게 전하겠는가. 나는 그렇게 서로를 불편해하는 남자사람친구와 여자사람친구 사이에서 줄타기를 하며 고등학교 삼 년을 보낼 수밖에 없었다.

어쨌든, 이제 나에게 남은 사람은 아정이뿐일지도 모른다. 두 피가 너무 따가워서 눈물이 핑 돌았다. 박온과는 상관없는 다른 이야기를 해야겠다 싶었다.

"맞다, 우리 화요일부터 기말고사지? 이것도 공부해야 하는 거야?"

"너 재수할 거야? 재수할 때 학종 쓸 거면 혹시 모르니까 잘 봐 둬서 나쁠 건 없지. 아니다, 너 어차피 생기부 관리도 제대로 안 했잖아. 어차피 재수해도 학종은 못 쓰겠네. 그럼 그냥 대충 봐."

냉정한 아정이 내 현실을 콕 집어 말해 주는 바람에 눈물이 쏙 들어갔다.

"조아정 뼈 겁나 잘 때리네. 아니 무슨 기말을 수능 성적표 나오기도 전에 보냐? 작년에도 이랬어?"

"작년 고3은 12월 말에 봤을걸? 근데 그때 되면 분위기 개판이니까 올해부터 좀 당긴 거래."

"너 기말 전날 학종 하나 발표 나지 않아? 그거 붙어도 기말 볼 거야?"

아정이는 잠시 고민하는 듯하더니 입꼬리를 씨익 올렸다.

"봐야지. 내가 삼 년 내내 시험이랑 수행평가 때 변변한 학원 한번 못 가고 혼자서 고생한 거 생각하면 치가 떨려. 고등학교에서 보는 마지막 시험인데 아무렴 즐겨야지."

즐긴다고? 나는 아정의 말을 곱씹었다. '기말고사를 즐긴다'라, 낯선 표현이지만 듣기에 나쁘지 않았다. 우등생에게도 열등생에게도 시험은 웬만해서는 즐거운 일이 되기 어려운 법이다.

"어떻게 즐길 건데?"

"문제도 안 보고 한 줄로 세울 거야."

"쪼아 네가?"

"어, 내가. 과목마다 숫자 하나 정해서 쭈욱 다 찍고 바로 엎드려 잘 거야! 나 그거 꼭 한번 해 보고 싶었어."

어쩌다 한 문제만 실수해도 점심까지 거르고 분해하는 아정을 삼 년 내내 지켜봤던 나는 믿을 수 없다는 표정을 지어 보였다.

"내가 엿 먹일 수 있는 유일한 시험이나 다름없잖아. 답이 뻔히 보여도 무조건 무시할 거야. 기필코 대충 보고 말 것이다!"

아정의 눈이 번뜩였다. 맛있는 메뉴가 나오는 날 점심시간 종이 치기 직전에나 볼 수 있는 표정이었다. 덕분에 박온에 대한 생각을 잠시 잊을 수 있었던 나는 아정의 결심을 응원하기로 했다.

"그래, 부디 합격해서 즐거운 기말고사가 되길 바란다."

마침내 미용실 언니가 머리에 감은 수건을 풀었을 때, 옆에서 팔짱을 끼고 보초를 서던 아정은 꺅 하고 소리를 질렀다.

"뭐야, 이온! 생각보다 너무 잘 어울리잖아!"

"그러게, 색이 잘 먹었다. 완벽한 변신인데?"

무뚝뚝한 미용실 언니도 인정했다. 언니 말대로 거울 속의 나는 머리 색만 바꿨을 뿐인데도 전혀 다른 사람처럼 보였다. 수능은 아무래도 망한 것 같지만, 머리 색만큼은 누구에게도 뒤지지 않을 만큼 강렬한 채로 어른이 될 것이다.

'김이온? 아, 박온이랑 붙어 다니던 걔?' 보다는 '아, 그 은발!'인 편이 더 낫지 않은가.

*

"김이온, 너! 미용실에서 많이도 긁는다 했더니, 머리 색이 그게 뭐야?"

카드를 반납하며 머리에 쓴 후드를 슬그머니 내리자 엄마는 기겹했다. 예상 못 한 반응은 아니었다.

"너 조금 있으면 논술이나 면접이 있을 수도 있고, 곧 졸업식도 있는데! 그 머리로 뭘 어쩌려고 그래! 생각이 있어?"

"아니 뭐… 은발이면 안 된다는 규정도 없잖아. 꼭 한번 해 보고 싶었단 말이야."

엄마는 심란한 얼굴로 은색의 머리카락을 이리저리 살폈다. 자세히 본다고 뭐가 달라질 건 없었지만 나는 그냥 잠자코 있었다. 엄마 돈으로 한 염색이니 응당 거쳐야 할 관문이었다. 다시 검은색으로 염색하고 오라는 말만 안 하면 좋겠다고 생각하며 숨죽이고 있는데, 엄마의 다음 말은 조금 의외였다.

"에이 뭐, 그래! 수능도 끝났는데!"

그리고 전혀 예상하지 못한 칭찬까지 이어졌다.

"우리 딸은 은발도 잘 어울리네. 내가 너무 예쁘게 낳아서 큰일이야."

엄마가 너무 진지하게 말해서 순간적으로 실소가 터져 나왔다.

"엄마, 나 그렇게 예쁜 얼굴 아니야. 어디 가서 그런 말 하지 마."

이어지는 엄마의 다음 말은 중학교 때부터 천 번은 들었던 이야기다.

"네 나이에는 뭘 해도 예뻐."

교복을 단정하게 입으라거나, 입술에 틴트 좀 작작 바르라고 할 때나 듣는 말인 줄 알았는데 수능이 끝났다는 이유만으로 은발을 지르고 와서도 들을 수 있는 말이 되다니, 기분이 이상했다.

엄마라는 관문은 생각보다 싱겁게 통과했고, 학교에서의 반응은 어떠려나. 주말이 지나면 이틀간의 기말고사가 시작된다. 잡다한 과목들은 이미 수행평가로 마무리가 되었지만, 몇몇 주요 과목의 마지막 시험이 남아 있었다. 하지만 수능이 끝난 후의 학교는 전혀 다른 곳처럼 느껴졌다. 그렇게나 팽팽했던 긴장감이 수능이라는 날을 기점으로 사르르 풀려 버리다니. 나는 아이들이 어떤 얼굴로 학교에 모여들지 문득 궁금해졌다.

고등학교에서의 마지막 기말고사가 시작되는 날, 당연히 공부는 하지 않았지만 관성적으로 불안함을 느끼며 등교하는 길, 저 멀리 아정이 보였다. 아침 내내 공들여 드라이한 듯한 긴 갈색 머리를 나풀거리며 옅은 화장까지 한 걸 보니, 확실히 시험 때 내가 알던 아정의 모습이 아니었다.

시험 기간이 되면 모든 걸 내려놓고 '빡공 모드'에 돌입하던 아정은, 자칫 잘못 건드렸다간 터져 버릴 것처럼 예민해서 나조차도 함부로 말을 걸지 못했었다. 하지만 남들보다 이른 합격 발표를 들은 지금의 아정은 기말고사를 앞둔 학생처럼 보이지 않았다.

"개부러운 조아정, 넌 벌써 그냥 대학생 같은데?"

"은발에 교복도 상당히 강렬한데?"

전혀 다른 아정의 모습에 정신이 팔려 정작 나는 은발로 등교 중이라는 사실을 깜빡했다.

"근데 이온, 머리는 은발인데 전체적으로 뭐가 좀 부족하다?"

나를 머리부터 발끝까지 훑은 아정은 가방을 뒤져 둥글고 납작한 용기에 담긴 화장품을 꺼내 들었다. 뚜껑에 각인된 로고만 봐도 고가의 브랜드였다. 대학 합격이라는 게 이 정도로 강력한 건가? 구두쇠로 유명한 아정의 엄마까지 지갑을 열 정도라니.

"뭐야, 이거 비싼 거 아니야? 엄마가 사 줬어?"

"그럴 리가. 이 순간을 위해 용돈 모아 사 뒀지. 립 앤 치크라고, 입술에도 바르고 볼에도 살짝 바르면 예뻐. 나 좀 봐 봐."

나는 순순히 아정이 하라는 대로 얼굴을 갖다 댔다. 아정은 제 손가락 끝에 붉은 그것을 살짝 묻혀 내 입술과 광대 부분에 톡톡, 그리고 쓱쓱, 붓질하듯 칠해 주었다.

"됐다, 이제야 좀 생기가 도네."

아정이 고개를 뒤로 빼고 만족스러운 듯 고개를 끄덕였다. 셀카 모드로 비춰 보니 내 마음에도 제법 들었다. 그러니까, 감히 말하자면, 조금 예뻐 보였다.

은발과 립 앤 치크라는 마법에 걸려 가뿐한 걸음으로 교실에 들어섰다. 여기저기서 아이들의 환호가 울려 퍼졌다.

"뭐야, 김이온! 머리 색 대박!"

"너 이거 탈색 몇 번이나 했어?"

"은색 완전 이뻐! 나도 하고 싶다!"

삼 년을 내리 같은 반으로 지내며 서로의 발소리만 들어도 그 날의 컨디션을 알아차릴 만큼 익숙해진 아이들의 격한 반응이 들려왔다. 그 시끌벅적한 소리를 듣고 있자니 이제 정말로 마지막이 다가오고 있다는 사실이 실감 났다. 열아홉을 끝으로 흩어질 열아홉 명의 징글징글한 얼굴들. 우리는 서로를 오해하고 미워하고 그러다 화해하고 또 서운해하기를 반복했다. 벗어나고 싶다는 생각과 절대로 소외되고 싶지 않다는 상반된 마음이 공존했던 시간. 나는 이 시절을 그리워하게 될까? 쓸데없이 감상적으로 되려 할 때, 앞문이 드르륵 열리며 담임선생님이 들어왔다.

"그래도 기말고사구만 어떻게 된 게 시장 바닥보다 더 시끄러워?"

"선생님! 오늘 시험 막 다 찍어도 돼요?"

"야! 그래도 시험 문제 낸 사람 정성이 있는데, 고민하는 시늉은 해 보자."

"선생님! 수학은 고민해 봐도 어차피 아는 게 없는데요?"

"수능 끝난 고3이 그걸 자랑이라고 말한다. 진정들 하고, 1번부터 11번까지 짐 챙겨서 3반으로 가. 너희 분위기 이럴 것 같아서 오늘은 섞어서 보기로 했어. 3반 애들 곧 여기로 올 거니까 서두르자."

'기역'으로 시작하는 성을 가진 나는 4번이다. 구시렁거리며 짐을 정리하는 아이들 틈에서 박온이 3반이라는 사실을 떠올렸다. '비읍'으로 시작하는 박온은 이쪽으로 오려나, 그쪽에 남아 있으려나? 가늠해 보는 중에 아정이 옆구리를 쿡 찔렀다.

"박온이다."

뒷문 앞에 줄을 서서 기다리는 3반 남자 애들 중에 박온이 보였다. 나를 보고, 정확히는 내 머리 색을 보고 두 눈이 휘둥그레져졌다. 나는 어색하게 손을 들어 인사했다.

"정말로 해 버렸네, 백발."

박온이 말했지만, 나는 그 애가 어떤 감정인지 도무지 헤아릴 수가 없었다. 표정이 읽히지 않았고, 말투도 애매했다. 비웃는 것 같기도 하고 나무라는 것 같기도 한데, 확실한 건 호감의 표시는 아니라는 것이었다.

"은색이야. 시험 잘 봐."

나 역시 퉁명스럽게 대답해 버리고 교실을 나섰다. 은발인지 백발인지 알 게 뭐야, 심술이 났다.

기말고사는 선생님들이 점수를 떠먹여 주기로 작정이라도 한

듯 아주 쉬웠다. 아정이는 과연 한 줄로 찍겠다던 야심 찬 계획을
실행에 옮겼을까? 문득 궁금했다. 맨날 정답만 찾던 애가 정답이
빤히 보이는 문제를 비껴가면 두드러기 같은 거라도 올라오는 거
아니야? 어쨌든 무사히 오늘의 시험을 마치고 교실로 돌아가려
는데 3반 반장이 불현듯 나타나 내 의자 옆에 쪼그려 앉으며 말
했다.

"야, 온! 오프 재수할 수도 있다는 거 진짜야?"

"그게 무슨 소리야?"

"걔 수능 최저 넘긴 것 같던데, 합격이면 그대로 납치당하는 거
잖아. 입학 포기한다는 게 재수한다는 거 아니야?"

"입학 포기? 박온이 그래?"

"걔가 나한테 그런 말을 하겠냐? 어제 교무실 갔다가 우리 담임
이랑 얘기하는 거 들었어. 담임은 일단 좀 더 생각해 보라고 하던
데. 뭐야, 너도 몰라? 온 앤 오프 진짜 절교라도 했어?"

"나 가야 돼, 나중에 얘기하자."

정신없이 짐을 챙겨 교실로 향했다. 박온이 아직 근처에 있다면
무시당하는 한이 있더라도 붙들고 물어야 한다는 생각뿐이었다.
혜연 이모는 아직 모르는 것 같은데, 이모 기절하는 거 아니야?

박온에게 단단히 동조된 나 역시 혜연 이모 걱정이 앞섰다.

달리다시피 교실에 도착하니 아정이 잔뜩 흥분한 얼굴로 깡총

거리며 다가왔다.

"나 진짜 한 줄 세웠어! 몇 점 나올까?"

아정이 신나게 떠드는 동안 주변을 살폈지만 3반 아이들은 모두 떠난 후였다.

"박온 찾아? 제일 먼저 나가던데? 근데 걔는 진짜 뼛속까지 전교 1등인가 봐. 내가 걔 뒤에 앉았었거든, 마지막 기말인데도 머리 박고 엄청 열심히 풀길래……."

아정은 잠시 말을 멈추고 목소리를 낮춰 은밀히 속삭였다.

"내가 답 하나 가르쳐 줬어. 별로 어렵지도 않은데 웬일로 마지막 문제까지 못 갔더라고. 내가 박온한테 답을 알려 주는 날이 올 줄이야, 그것도 수학을."

"박온이 그걸 받아 적었어?"

"얼른 마킹하던데?"

아정은 흡족한 표정으로, 내일은 또 몇 번으로 줄을 세우고 상큼하게 엎드려 볼까나, 콧노래를 불렀다.

"너는 안 풀고 잔다더니 답을 어떻게 알았어?"

"박온이 헤매는 걸 보니까 궁금하잖아. 뭐길래 저렇게 헤매나. 그래서 그것만 얼른 풀어 봤지. 엄청 쉽던데?"

아정은 들떠 있었다. 박온에게 도움을 줬다는 생각에 기분이 좋은 건 분명 아닐 테고, 박온이 순순히 호의를 받아들였다는 데 더 큰 희열을 느꼈으리라.

아정은 시종일관 냉담한 박온의 태도에 자존심이 상한 적이 많았다. 박온이 자신을 무시하는 것 같다는 말을 자주 했다. 이혼은 했다지만 집안 좋고 돈도 많은 아빠의 후광 덕에 방학이면 강남 학원가로 수업을 들으러 가고, 부족한 과목은 시시때때로 과외까지 받는 주제에 꼭 자기 혼자 잘나서 전교 1등이라도 하는 것처럼 주변을 깔본다고, 잊을 만하면 한 번씩 토로했다.

꼭 그런 것만은 아니라고 말해 주고 싶었지만 내가 봐도 박온의 태도는 오해를 살 만했다. 남을 깔보는 것처럼 쳐다보는 버릇 좀 고치라고 아무리 말해도 소용없었다. 깔보는 게 아니라고, 굳이 큰 관심을 두지 않는 것뿐인데 그게 뭐가 나쁘냐고, 그때마다 박온은 억울해했다.

어느 순간 나는 두 사람 사이의 오해를 푸는 일을 포기했다. 안 그래도 두 우등생 사이에 낀 열등생으로서 서러울 때가 많은데, 이런 일에까지 휘둘리며 동동거리다 보면 가끔은 억울한 마음도 들었다.

하지만 곧 졸업인데다 두 사람이 전에 없던 호의까지 주고받았다고 하니 어쩐지 마음이 조금 느슨해졌다. 박온이 그렇게까지 주도면밀하고 차가운 아이는 아니라는 걸 아정이가 이제라도 알았으면 했다. 무엇보다도 조금 전 3반 반장에게서 들은 이야기를 나

눌 사람이 필요했다. 지금의 아정이라면 박온에 대한 고민도 흔쾌히 들어줄 것 같았다.

"쪼아, 박온 진짜 뭘까? 3반 반장이 교무실에서 우연히 들었는데 박온이 수시 붙어도 갈지 말지 고민 중이래. 나는 처음 듣는 이야기거든. 반장은 당연히 내가 아는 줄 알고 물어본 거지. 박온 진짜 무슨 일 있나?"

그런데 아정의 표정이 심상치 않았다. 세상에서 가장 말도 안 되는 소리를 들은 사람처럼, 그것도 가장 기분 나쁜 종류의 소식을 들은 것마냥 미간에 힘이 들어갔다. 아정이 날카롭게 되물었다.

"A대랑 D대를 포기한다고? 그 유난을 떨면서 학교장 추천까지 받아 놓고? 도대체 왜?"

*

기말고사까지 모두 끝난 교실은 교육만을 제외한 모든 기능을 수행하는 다목적 공간으로 바뀌어 있었다. 영화 감상실, 메이크업 스튜디오, 매점과 수면실까지 이런저런 용도에 따라 책걸상은 수시로 대열을 바꾸었다. 누군가는 굳이 왜 학교에 나와야 하는지 모르겠다는 원론적인 질문을 던지기도 했다.

아정이처럼 일찌감치 수시 합격 발표를 거머쥔 아이들은 그래도 좀 나았다. 나처럼 이도 저도 아닌 아이들, 그러니까 대다수의 아이들은 홀가분한 기분과 불안한 조급증 사이에서 무기력한 나날을 보내는 중이었다. 교무실로 불려 가 지원 가능한 대학들의 리스트를 살펴보며 현실을 맞닥뜨리고 나면 그마저도 후련함보다는 후회의 비중이 컸다.

"아 개짜증나. 나 왜 공부 안 했냐? 나 공부 안 할 때 안 말리고 뭐 했어?"

"뭘 뭐해 나도 안 했지."

진학 상담을 마치고 얼이 빠진 누군가가 물으면 그 옆에 진작부터 얼이 빠져 있던 다른 누군가가 대답했다. 미대나 체대의 실기를 준비하는 친구들은 이런저런 편법으로 결석과 조퇴를 이어 갔고, 그런 핑계마저 없는 나 같은 열등한 문과 지망생들은 어디 어떻게 되나 보자는 심정으로 시간만 죽일 뿐이었다.

모처럼 머리도 했는데. 은발을 휘날리면 뭐 하나, 갈 대학이 없는데. 나는 급격히 우울해졌다.

공식적으로 수능 성적표가 나왔다. 물론 변수는 없었다. 하늘이 내 편이라 어찌어찌 몇 개 정도 더 맞아서 등급 컷이 올라가는 상상을 해 본 적은 있지만 그런 행운이 내게 따를 리 없었다. 아정은 내 앞에서 너무 신난 기색을 보이지 않기 위해 나름의 노력을 기울였다. 매사에 솔직하고 직설적인 아정에게는 쉽지 않은 일이었을 것이다.

박온은 아이들이 모두 탐낼 만한 결과를 가지고도 여전히 고민하는 기색이었다. 나는 그런 고민을 한다는 것 자체가 부러웠다. 진로를 두고 치열하게 노력하고 치열하게 고민하고, 그러고 보니 나는 그래 본 적이 없었다.

'음. 엄마가 한심하게 여길 만하네.'

하지만 이런 속내를 엄마 앞에서만큼은 절대로 드러내지 않을 것이다. 위로는커녕 그러길래 내가 뭐라 그랬냐며 한소리 더 들을 게 뻔하니까.

그래도 박온과는 조금 진전이 있었다. 정말로 A대와 D대를 포기할 생각인지 고심 끝에 물어봤을 때 박온은 다행히 내 말을 무시하지 않았다.

"어디서 들었어?"

"너희 반 반장이 교무실 갔다가 들었대. 내가 아는 줄 알고 나한테 물어본 것 같아."

"……나도 아직 잘 몰라. 발표 나는 거 보고 고민 좀 해 보려고."

"너 다른 길을 찾아보고 싶구나?"

박온이 나를 물끄러미 바라봤다. 역시나 속내를 알 수 없는 표정이었다.

"그것도 잘 모르겠어. 알게 되면 말해 줄게."

그래 알았어, 대답하고 나는 다짐하듯 덧붙였다.

"아직 이모는 모르는 거지? 나도 절대 엄마한테 말 안 할게."

이번에는 박온이 희미하게 웃었다. 아니, 노력은 했지만 그 웃음은 입꼬리까지 가지 못하고 맥없이 흩어져 버렸다. 또 무슨 일이 있는 걸까. 나는 박온의 얼굴을 조심스레 살폈다. 그런데 그때, 박온이 포니테일로 묶은 내 머리를 가볍게 잡아당겼다. 그렇게 센 힘이 아니었는데도 얼굴이 옆으로 기우뚱했다. 느닷없이 장난이라니, 박온답지 않은 행동이었다.

"머리, 잘 어울리네."

역시나, 박온답지 않은 칭찬이었다.

나는 잠시 말을 잃은 사람처럼 가만히 서 있었다.

은발에 빨간색은 그다지 어울리는 컬러 조합이 아니다. 하지만 불행하게도 내 얼굴은 기어코 붉게 달아올랐다. 박온의 대수롭지 않은 한마디에, 전에 없던 반응이 나타난 것이다. 나는 황급히 교실로 돌아올 수밖에 없었다.

속은 시끄럽지만 표면적으로는 평온한 며칠이 더 지나고, 마침내 박온이 지원한 학교들에서 연달아 수시 합격자를 발표했다. 예상을 벗어나지 않고 모두 합격이었다. 그 누구의 합격보다 학교를 들썩이게 만들기 충분한 쾌거였다. 교장이 손수 박온의 아빠에게

까지 축하 전화를 했더라고, 그런 건 또 어떻게 알았는지 누군가
가 비둘기처럼 소식을 전해 날랐다.

아주 쌩쇼들을 한다고 시샘하는 애 중에 의외로 아정은 없었다.
아정은 그보다 박온이 정말로 이 기회를 날려 버릴 것인지에 더
큰 관심을 보였다. 나에게도 답이 없기는 마찬가지였다. 우리 엄
마가 마련한 축하 파티를 박온이 이런저런 핑계를 대며 미루는 것
으로 보아 여전히 고민 중인 것 같다고 추측할 뿐이었다.

"미친······."

아정이 중얼거리는 소리를 들었지만, 그냥 못 들은 척했다. 아
정이 박온을 못마땅하게 여긴 게 하루 이틀 일은 아니니까.

다음 날 아침 1교시부터 고3 학생들은 모두 강당으로 소집되었
다. 커다란 프로젝터로 나름 최신 영화를 상영해 준다고 했다. 고3
생활이 한창 무르익기 시작하던 4월에 천만 관객을 찍은 영화였
다. 물론 나는 이미 본 영화였다.

한국 영화가 천만을 향해 가는데 고3이라는 이유로 내용도 제
대로 모른다는 사실이 꽤히 분해서 박온을 꼬셔서 영화관에 갔었
다. 중간고사 때문에 예민한 아정이한테는 말도 꺼내기 무서워서
물어보지 못한 것뿐인데 박온이랑만 영화를 보러 갔다며 아정은
서운한 기색을 내비쳤었다.

그런 기억을 떠올리며 자리를 찾아 앉으려는데, 아정이 보이지

않았다. 조금 떨어진 곳에 3반 아이들이 자리를 채우기 시작했다. 강당의 서늘함을 느끼며 옆자리를 비워 두고 아정에게 디엠을 보냈다.

―쪼아, 아직 교실이면 나 담요 좀, 여기 춥다.

한참이 지나도 아정은 답이 없었다. 담요를 챙겨서 오려나 보다 생각했는데 영화의 전개가 본격적으로 휘몰아치기 시작할 때까지도 아정은 나타나지 않았다. 한 번 본 영화였는데도 제법 몰입감이 좋아서 나는 잠시 아정의 부재를 잊었다. 아정이 조용히 내 옆에 와서 앉았을 때도 나는 별다른 이상을 감지하지 못했다.

"왔어? 너 이거 그냥 지금 보지 말고 나중에 제대로 봐, 괜히 스포 당해."

아무리 영화 상영 중이라지만 평소답지 않게 너무 말이 없어 그제야 아정의 얼굴을 살피는데 어두운 강당 조명 때문인지 표정이 굳어 보였다.

"무슨 일 있어?"

"나랑 박온, 징계위원회 열어 달라고 담임한테 말하고 오는길이야."

아정이 한 말을 나는 단번에 알아듣지 못했다. 뭐라고? 뭘 연다고?

"기말고사에 한 컨닝. 징.계.위.원.회."

아정이 음절마다 힘을 주어 또박또박 말했다. 그제야 아정의 목소리가 영화에서 흘러나오는 액션 효과음을 뚫고 정확히 귀에 와서 박혔다. 하지만 들리는 것과는 별개로 나는 여전히 아정이 무슨 소리를 하는지 이해하지 못했다. 영화 속 갈등이 마무리될 즈음, 나와 아주 가까운 곳에서는 전혀 예상치 못한 또 다른 갈등이 펼쳐지려 하고 있었다.

"우리 엄마는 언니 오빠 들을 가르치는 선생님이야. 우리 엄마
는 고등학교 수학 선생님이야."

이제 막 초등학교에 입학한 딸아이는 내가 저보다 훨씬 큰 '언
니 오빠 들'을 가르치는 선생님이라는 데 큰 자부심을 보였다.

"주안이는 담임선생님 좋아?"

나의 질문에 아이의 대답은 자주 바뀌었다.

"응, 선생님 안 무서워서 좋아."

"아니, 오늘은 운동장에 못 나가게 해서 좀 별로야."

"우리 선생님이 1학년 선생님들 중에서 글씨 제일 예쁘게 쓴
다?"

이유는 단순하고 다양했다. 나의 학생들은 담임선생님이 좋냐

는 질문에 어떤 대답을 할까 궁금하다가도, 수험생이라는 신분은 담임을 향한 애정도를 가늠해 볼 시간도 없을 만큼 고달픈 처지가 아닐까 하는 결론에 다다랐다. 입시라는 거대한 산을 무사히 넘기까지 서로의 역할에 충실하며 최선의 결과를 내 주면 그것으로 충분하지 않을까.

수능이 끝난 후의 고3 교실은 어수선할 수밖에 없다. 숨죽여 칼을 갈던 아이들도, 칼을 가는 아이들 틈에서 방탕하게 흘려보낸 지난날을 후회하던 아이들도, 어쨌든 이쯤 되면 당락이 결정되어 있기 마련이다. 누군가는 남은 체력을 갈아 넣으며 실기 준비에 돌입했고, 누군가는 논술 학원에 등록했고, 누군가는 눈물바람으로 재수를 기약했다. 야심차게 이목구비 업그레이드를 계획하는 아이들도 어김없이 등장했다.

나는 늘 이쯤에서 잠시 길을 잃는다. 11월의 매서운 바람이 지나고 진짜 겨울이 시작되는 이 계절에는 이따금 모든 것이 환상처럼 느껴진다. 하나의 목표를 향해 달려가던 아이들은 이제 곧 흩어질 것이다. 열아홉에서 스물이 된다는 건 그런 것이다. 흩어지는 것.

고3 담임인 나에게 진짜 시험은 수능 그 이후였다. 수능이 아이들을 어른의 세계로 이끄는 웅장한 첫 관문이요, 십대를 마무리하는 대단원의 막이라면, 입시 요강은 그 뒤에 따라붙는 좁고 편협한 쪽문 같았다. 같이 고3을 맡았던 동료는 11월보다 12월이 더 잔인한 달이라고 표현했다. 나 역시 어느 정도는 동의하는 바다. 수능에는 명확한 정답이 있지만 입시에는 정답이 없기 때문이다.

아이들의 입시철이 시작되면 그때부터 선생님들과 부모들이 개입한 첨예한 경쟁도 같이 시작된다. 아이러니하게도 그 경쟁의 승자는 학생도 부모도 교사도 아니었다. 두 달 남짓한 시간에 여느 월급쟁이의 연봉 이상을 벌어들이는 고액의 논술 강사와 입시 전문 컨설턴트들이 바로 그 화려한 주인공이었다.

"정연아, 너도 이거 해. 선생질 때려치우고 나랑 같이 하자니까. 요즘 선생님이 어디 옛날 선생님이냐? 보람이 있길 해, 대우를 받길 해. 이건 보람도 있고 돈도 된다니까?"

본인도 한때는 교직에 몸 담았던 주제에 곧 죽어도 '선생님'이 아닌 '선생질'이라고 표현하는 동기가 얄미웠지만 혹하지 않았던 것은 아니다. 하지만 고민은 오래가지 않았다. 안정적인 교직이 나에게는 더 맞는 것 같다고 완곡하게 거절했지만 진짜 이유는 따로 있었다. 부끄러울 이유가 전혀 없는데도 선뜻 입에 담기가 어려운 말이었다.

나는, 아이들을 가르치는 게, 좋다.

수도권 학군지의 공립 고등학교를 옮겨 다니며 아이들을 가르

치던 내가 충청도 내에서도 외곽에 위치한 현성고등학교에 정교
사로 부임한 지도 어느덧 4년이 되어 간다. 사립인 현성고등학교
는 재단의 일방적인 결정으로 내가 들어온 다음 해에 남학교에서
남녀공학으로 바뀌었다. 글로벌 시대에 여전히 남녀로 나눠 학생
을 받는다는 게 구시대적인 발상이라는 이유에서였다. 나로서는
좋은 기회였다. 이전에 여고에서 쌓은 경력이 최종 면접에서 경쟁
자를 제칠 수 있었던 가장 큰 요인이 되었기 때문이다.

"우리 선생님들이 사내새끼들 다루는 법은 아는데 그 또래 여
자애들은 또 조금 어렵단 말이지. 임정연 선생님이 신경 좀 많이
써 주세요."

부담임 2년에 고3 담임까지, 지금의 여자 반과는 1학년 때부터
쭉 함께였다. 배울 것도 많고 느낄 것도 많은 십대 여자아이들과
삼 년을 함께하는 일은 결코 쉽지 않았다. 누가 그랬지, 미운 정이
제일 무서운 법이라고. 말 많은 십대 여자아이들에게 느끼는 내
감정이 딱 그거였다. 그 애들이 꿈에 나올까 무섭게 얄밉다가도
또 끔찍하게 아끼는 마음이 뒤따랐다.

그렇게나 끔찍하고 귀한 아이 중 한 명이 나를 찾아왔다. 누구
보다 의욕적으로 제 앞가림을 해 오던 조아정이었다.

"선생님, 저 부정행위 자수하러 왔어요."

결연한 표정의 아정이 무슨 소리를 하는 건지 도무지 알아들을

수 없었다. 12월에 부정행위라고? 시험을 빼먹고 학교를 빼먹어 도 아무도 문제 삼지 않는 고3 12월에는 들어 본 적도, 들을 일도 없는 단어였다.

"기말고사 수학 시험 때 제가 박온한테 답 하나 알려 줬어요. 그거 부정행위 맞죠? 저랑 박온이랑 징계위원회 열어 주세요."

"아정아, 그게 무슨 소리야? 저번 기말고사가 아니고 이번 기말 고사를 말하는 거니?"

"네 선생님, 얼마 전에 본 3학년 2학기 기말고사요."

"그 시험은 그냥……."

하마터면 그 시험은 그냥 허울뿐이니 컨닝을 하든 말든 신경 쓰 지 않아도 된다고 말할 뻔했다. 선생으로서 할 말은 아닌 것 같아 다급히 말을 줄이는데 아정이가 도끼눈을 떴다.

"알아요, 그 시험 아무것도 아닌 거. 그래도 부정행위는 부정행 위잖아요. 그렇죠? 답 알려 준 저도 잘못한 거고 그거 받아 적은 박온도 잘못한 거 맞잖아요, 선생님!"

답안지를 걷기 직전에 자신이 수학 시험 마지막 문제의 답을 알 려 줬고, 박온이 그 답으로 마킹을 했으니 둘다 부정행위를 저질 렀다고, 자수할 테니 징계위원회를 열어 달라고 박박 우겼다. 보 다 못한 옆자리 박 선생님이 그 정도는 그냥 각자 반성하고 끝내 자고, 이제 와서 무슨 징계위원회냐고 한마디 거든 것이 기름을 붓는 꼴이 되고 말았다.

"그런 말이 어디 있어요? 그 시험은 시험도 아니에요? 학생이 자신의 잘못에 대해 벌을 받겠다는데 왜 선생님이 맘대로 반성으로 끝내자 그래요? 진지하게 처분해 주시지 않으면 저 교육청에 민원 넣을 거예요!"

어설프게 거들지나 말 것이지 아정의 화만 돋운 박 선생님은 질렸다는 듯 고개를 절레절레 저으며 다시 의자를 돌렸다. 아정의 눈시울이 붉게 달아올랐다.

뭘까, 뭐가 이 아이를 이렇게 분해 미치게 만들었을까. 대학까지 다 결정된 마당에 이런 난리를 피우는 데는 분명 다른 이유가 있을 텐데. 학생 한 명 한 명의 내면까지 찬찬히 살필 만큼의 여유가 지금 선생님에게는 없단다. 얌전히 잘 있다가 그냥 졸업하면 안 될까? 정말로 하고 싶은 말이 목구멍까지 차올랐다. 하지만 일단은 아정이의 화를 가라앉히는 게 우선이었다.

"알았어, 아정아. 선생님이 검토해 보고 온이랑 너랑 다시 호출할게. 그러니까 일단은 가서 영화 보고 있어. 그렇게 해 줄 수 있지?"

아정은 대답 대신 고개를 꾸벅 숙이고 터덜터덜 교무실을 나섰다. 구겨 신은 운동화 뒤축을 못마땅하게 지켜보던 박 선생님이 나지막하게 투덜거렸다.

"저 또라이 저거, 실내화도 안 신고. 임쌤이 단단히 잘못 걸리셨네."

*

교권이 땅에 추락했다는 말을 들을 때마다 나는 나의 옛 선생님들을 떠올리게 되었다. 한 반에 40명, 많게는 50명까지 미어터지는 학생들을 효율적으로 통제하기 위해 성적으로 줄을 세우고, 이름 대신 번호로 호명하고, 여차하면 매를 들었던 나의 스승들. 그중에서도 스승의 날 학생들이 만 원, 이만 원씩 걷어 선물한 고급 브랜드의 정장 셔츠와 벨트를 확인하고 색깔이 마음에 안 든다며 입을 삐쭉거리던 고3 담임이 떠올랐다. 사범대학교에 가고 싶다는 내 말에 애들 앞에서 발표도 제대로 못하는 숙맥이 누굴 가르치겠다는 거냐며 비웃던 그.

선생님이 되고 얼마 지나지 않아 깨달았다. 학생들 중에는 예쁜 아이가 있고, 나와 닮은 아이가 있다는 것을. 누구에게나 인정받는 예쁜 아이와 나를 닮은 아이가 겹치는 선생님들은 행운이다. 나의 경우는 그렇지 못했다. 나를 닮아서 마음이 쓰이는 아이들은, 주로 애정의 중심에서 한 발짝 떨어져 있는 아이들이었다. 그래서 더 마음이 쓰이고, 때로는 아이를 대신해 답답하기도 하고,

그렇기 때문에 성가실 때도 있다. 아정이가 그랬다.

1학년 때부터 지켜봐 온 아정이는 눈빛에 불안이 그대로 담기는 아이였다. 매사에 야무지고 손해 보지 않으려는 성미를 두고, 다른 선생님들은 어린 게 벌써부터 독기가 가득하다며 혀를 내둘렀지만 내 눈에는 조금 다르게 읽혔다. 그것이 아정이가 사랑을 갈구하는 방식이라는 생각이 들었다. 기필코 더 그럴듯한 사람이 되어야 하는, 그래서 한 명이라도 더 자신을 봐 줬으면 하는 마음. 나는 그런 마음이 사실은 얼마나 연약하고 또 자주 다치는지, 경험으로 알고 있었다.

"임 선생, 조아정이 설득 좀 해 봤어요? 걔 진짜 교육청에 민원이라도 넣는 거 아니야?"

"아정이가 계속 고집을 부리고 있어서요. 우선 박온 학생과도 얘기를 나눠 볼까 해요. 아무래도 둘 사이에 무슨 문제가 있었던 것 같아요."

"박온이 지금 잘 나가는데 조아정이 그거 질투 나서 태클 거는 거 아니야?"

학년 부장 선생님 입장에선 이런 문제 하나 해결 못 하냐는 말이 목구멍까지 차올랐으리라. 아이들에게 사사로이 감정이입 하지 말라는 소리를 심심하면 한 번씩 던지는 그였다. 그래봤자 아무 영광도 안 남는다고, 특히 여자애들은 졸업하면 어디 스승의

날이라고 한 번을 찾아오는 줄 아느냐고. 줄곧 남학생만 졸업시켜
온 그가 할 말은 아니라고 생각했지만 나는 그때마다 그저 잠자코
고개를 끄덕였다.

이틀간 아정을 설득하는 데 실패한 나는 곧바로 박온을 호출했
다. 우리 반 이온이와 남매처럼 붙어 다니는 박온과는 수업 외에
개인적인 면담은 처음이었다.

"온아, 아정이가 그러던데, 네가 이번 기말고사에서 아정이가
가르쳐 준 답으로 적어 냈다며. 아무리 중요한 시험이 아니라도,
그게 부정행위인 건 알고 있지?"

"네, 알아요."

"아정이가 처벌을 원한다고 문제를 제기했어. 자기도 잘못을
했고 너도 잘못했으니 징계를 받아야 한다고."

"……네, 조아정한테 들었어요."

"그렇구나. 그러면 온아, 혹시 아정이랑 이 문제는 반성문 정도
로 조용히 해결하는 게 어떨지 상의해 볼 수 있겠니? 너네 둘 다
대학도 합격한 마당에 괜히 문제 삼아서 좋을 것도 없잖아, 안 그
래?"

몸에 힘을 빼고 걸치듯 의자에 앉아 있던 온이 서서히 고개를
들었다. 이 아이는 또 왜 이렇게 지친 얼굴인 걸까. 초중고를 쉬지
않고 달려온 대가로 가장 달콤한 열매를 막 따 먹은 아이의 얼굴

에 어째서 체념과 권태가 가득한 걸까. 나지막한 한숨과 함께 온이 대답했다.

"제가 조아정한테 사과할게요. 걔한테 실수한 게 있어요."

그러면 그렇지, 지들끼리 무슨 사연이 있었구나, 나는 마음이 조금 놓였다. 정시 원서 접수를 앞두고 입시 상담이 줄줄이었다. 솔직히 말해 이런 데까지 마음을 쏟을 여유가 없었다. 나는 온이의 문제 해결 능력을 믿기로 했다. 똑똑한 아이니까, 아정이 같은 애 마음 정도는 어련히 알아서 잘 달래겠지. 나는 그만 경계를 풀어 버리고 말았다.

하루 이틀 기별이 없길래 그냥 이렇게 사건이 일단락되려나 보다 하고 있는데, 교장실에서 호출이 왔다. 학교장의 부름은 열에 아홉은 성가신 일이었다. 터덜터덜 교장실로 들어섰는데 어쩐 일인지 재단 이사들이 죄다 들어와 앉아 있었다. 설마하니 나를 칭찬해 주자고 어르신들이 다 모여 있을 리는 없을 테고, 분명 윗선까지 개입해야 하는 중대한 쟁점이 있을 것이다. 아직 전체적인 입시 성적표도 받아 들기 전인데, 12월의 풍경치고는 낯선 긴장감이었다.

"이래서 내가 졸업식을 12월로 당기자고 한 거예요. 기말도 다 수행으로 돌리고. 애들이 원서 접수하기 전에 일찌감치 다 졸업시켜 버리면 사고를 쳐도 어차피 학교 책임이 아니잖아요? 이게 뭡니까, 이게?"

골프셔츠를 입은 비교적 젊은 이사 한 명이 흥분해 소리를 치는데도 교장은 입을 꾹 다물고 앉아 느린 동작으로 머그잔에 티백을 우리고 있었다.

"12월이면 아직 애들 대학 입시 원서도 넣기 전인데요, 그때 졸업을 시켜 버리면 어쩝니까. 품을 수 있을 때까지는 품고 있어야지요."

이번엔 나이가 지긋한 원로 이사 하나가 의견을 더했다. 수년 전 교장을 역임한 적이 있다는 그는 원래 이때가 은근히 사건 사고가 많은 시기라며 교장을 위로했다. 티백을 꺼내 코스터에 내려놓던 교장이 문 앞에 엉거주춤 서 있는 나를 발견했다.

"아, 임 선생님. 어서 와요."

나는 기다란 회의 책상에서 가장 구석진 곳에 자리를 잡았다. 미리 도착해 있던 학년 부장 선생님이 내 앞으로 태블릿 PC를 슥 내밀었다. 그는 온이가 속해 있는 3반의 담임이기도 했다.

"이거 봤어? 바빠서 못 봤지? 지금 난리야. 아무래도 조아정이 사고 친 것 같은데."

이사진들의 시선이 나에게로 쏠렸다. 급격한 피로가 몰려왔다.

박호남 대표의 아들, 현성고 3학년 박온의 실체

엄마들이 환장하는 T교육 재단 박호남 대표 다들 알지?

그 꼰대새끼 맨날 방송 나와서 자기 아들은 사교육 안 시킨다고 하잖아.

뭐 공교육의 힘을 믿는다나 뭐라나.

지 아들 특목고도 일부러 포기하고 엄마 고향에서 조용히 학교 다닌다고 했다며.

졸라 헛소리임. 혼자 힘으로 공부한다고 꼴값 떠는데, 그거 다 개구라임.

내가 걔랑 같은 학교 다니는데, 선생님들이 박온한테만 특혜 주는 거 눈 뜨고 못 보겠음.

그렇게 특혜 몰빵으로 받아서 A대랑 D대 학종으로 붙었는데 뭐가 마음에 안 드는지 그거 안 가겠다고 땡깡 피우는 거 보니까 도저히 못 참겠어서 폭로함.

안 가는 게 아니라 정말로 못 가게 만들어 주고 싶어짐.

안 그래도 걔, 시험 볼 때마다 밥 먹듯이 부정행위 했던 거 신고하고 싶은데 이미 늦은 거임? 합격자 발표 다 나면 이미 반영된 거 소용없음?

이번 마지막 기말도 다른 애꺼 아주 당당하게 베껴 쓰던데.

아무리 3학년 2학기 기말 아무것도 아니라 그래도 나는 그 새끼의 거만함이 너무 싫음.

방법 없을까?

ㄴRe : 헐, 박온? 나 걔랑 중학교 같이 다녔는데 2학년 되기 전에 갑자기 전학 감.

걔가 박호남 아들이었어?

ㄴRe : 나도 걔 아는데 걔 엄마 약간 정병 있다던데?

ㄴRe : 같은 반이었음. 새끼 좀 찐따긴 한데 원래도 공부는 잘함.

ㄴRe : 아니 근데, 쓰니 말대로라면 뭐 입시 비리 같은 건가?

ㄴRe : 뭐야, 박호남 아들 부정행위로 합격했어? 그 새끼 어쩐지 눈빛이 쎄했는데

그 애비에 그 아들이네.

ㄴRe : 와, 미친, 졸라 빡치네. 금수저 대학 가기 쉽네.

ㄴRe : 나 이거 퍼 가도 되냐?

"그것 때문에 온이 아버님께서 아주 난리가 났습니다. 문제는 우리 선생님들 중에 이 글을 먼저 발견한 사람조차 없었다는 거예요. 사태 파악도 제대로 못 하고 있었으니, 이것 참 면이 안 서서."

골프셔츠를 입은 젊은 이사가 가장 호들갑이었다. 아닌 게 아니라 박온의 아버지는 우리 교육 재단에 이런저런 후원을 아끼지 않는 VIP였다. 개인이 아닌 법인 사업자로 진행하는 후원이라 특별히 불법은 아니었지만 팔은 안으로 굽기 마련이었다. 이사들은 온이에게 관심이 많았고, 굳이 부탁하지도 않은 편의를 봐주고 싶어 안달이었다. 나는 그들에게 물었다.

"혹시 이 글을 쓴 게 저희 반 학생이라고 생각하시나요?"

"정황상 그렇지 않나? 조아정이랑 박온이랑 요즘 뭐 문제 있다면서요. 거 조아정이 맞는 것 같으니까 빨리 글부터 삭제하라고 단속 좀 단단히 해 주세요."

학년 부장이 목소리를 높였다. 하지만 그 글은 아무리 봐도 아정이 올렸을 법한 글이 아니었다. 학교에서 얌전한 아이들조차도 온라인 상에서는 포악한 가면을 쓰는 경우가 다반사라고 익히 들었지만, 그래도 삼 년을 지켜본 사람의 감이라는 게 있었다. 하지만 직감만으로 아이를 두둔할 수는 없었기에 나는 아정을 불러 상황을 먼저 파악해 보겠다고 말했다.

"하여튼 우리 임 선생님은 다 좋은데 애들을 너무 못 휘어잡아서 탈이야."

"클 만큼 큰 애들을 뭘 휘어잡나요. 인간 대 인간으로 대하는 거지."

학년 부장의 입꼬리가 미묘하게 일그러졌다. 아직도 그런 한가한 소리나 하고 있다니, 임 선생님은 아직도 열정이 넘치시네, 그의 뒷말은 칭찬이라기 보단 비웃음에 가까웠지만 나는 그대로 흘려버렸다. 그런 허튼소리에 시간을 할애할 여유가 없었다. 아직 입시 상담이 한창이었다.

"저는 애들 진학 상담이 잡혀 있어서 먼저 들어가 보겠습니다."

못마땅한 표정의 이사진들을 제치고 교장선생님의 허락을 구한 뒤에 나는 교장실을 나섰다. 문 앞에서 가까스로 한숨 돌리려는데 어쩐 일인지 학년 부장이 잔뜩 근심 어린 얼굴을 하고 나를 쫓아 나왔다.

"저기, 임 선생. 이 일이 아니더라도 박온이 요즘 좀 말썽이라, 빨리 좀 해결했으면 하는데."

"네?"

"안 그래도 온이 아버님이 지금 아주 예민해요. 온이 이 자식 뒤늦게 사춘기가 온 건지 어쩐 건지……."

박온이 대학을 포기할지도 모른다는 소문은 나도 들어 알고 있었다.

"근데 그걸 제가 어떻게… 해결하죠?"

"그 반에 조아정도 있고, 또 김이온도 있잖아요."

"네, 그런데요?"

"지금 내 말은, 임 선생님 반 애들이 키를 쥐고 있다 이 말이에요."

나는 그의 말을 이해하지 못하는 척하기로 했다. 문젯거리와 해결의 실마리를 모두 나의 아이들에게서 찾으려는 그의 뻔한 속내를 눈치챘지만 끝까지 모른 척했다. 박호남 대표와의 관계가 너무 소중한 나머지 정작 당사자인 아이들의 관계성을 전혀 존중해 주지 않는 태도라니, 정말이지 진절머리가 났다.

"그러지 말고 온이랑 이야기를 다시 해 보세요, 그게 더 빠를 거예요."

나는 끝까지 바보 연기를 하며 무슨 소리인지 모르겠다는 얼굴로 대충 답하고 자리를 피했다. 그가 내 뒤통수를 노려보며 어떤 욕을 내뱉고 있을지는 알 바 아니었다.

*

아정이가 결석이었다. 결석 자체는 문제 될 것이 없었다. 이 시기에 아이들이 교실을 사랑방처럼 자유롭게 드나드는 것이 하루이틀 일은 아니었으니까. 충실히 등교를 한다 해도 학교 측에서 제공해 줄 것이 없었다. 다른 학년, 특히 이제 곧 바톤을 넘겨받아 새로운 수험생으로 등극할 2학년 아이들의 면학 분위기를 헤치는 것을 바라는 사람은 아무도 없을 테니까. 그러니 수능 이후, 졸업 전의 고3은 그저 부유하는 존재인 셈이다.

한가한 교실 풍경을 알고 있으면서도 나는 교실로 발걸음을 옮겼다. 예상대로 다섯 명 남짓한 아이들만 옹기종이 모여 속닥거리는 중이었다. 그중에는 이온이도 껴 있었다. 마침 눈이 마주쳐서 나는 이온이에게 복도에서 보자고 작게 손짓했다. 눈을 동그랗게 뜬 이온이가 종종걸음으로 쫓아왔다.

이온이는 예쁜 아이였다. 이목구비가 화려한 편은 아니었지만 푸른 들에 자유롭게 피어난 들꽃 같은 아이였다. 열아홉이기에 가능한 생명력 넘치는 어여쁨이 억지로 꾸며 내지 않아도 팝콘처럼 튀어 오르는 아이. 박온과 세트로 온 앤 오프로 불리는 이유가 단순히 활발한 성격 때문만은 아니었다. 이온이는 옆에 있는 사람까지도 퍼뜩 기분 좋은 온On의 상태로 만들었다. 옆으로 길게 땋은 은발마저도 이온이에게는 전혀 어색하지 않았다. 뛰어난 성적이 없어도 이온이는 누구보다 밝은 삶을 살아갈 힘이 있는 아이라고 나는 믿고 있다.

그런데 정작 좋은 성적표를 받아 든 이온의 단짝 두 명이 내 속을 이렇게 뒤집어 놓고 있다니, 선생님이라는 직업은 정말 알다가도 모를 일이다.

"선생님, 왜요? 벌써 상담 제 차례예요? 아, 저 진짜 대학 어디 가요, 쌤?"

"이온아, 혹시 아정이랑 연락되니? 오늘 어디 간다고 했던 것 같은데."

"아정이 오늘 P여대 붙은 애들 만난다고 서울 갔어요. 완전 부러워요 쌤……."

"음, 아정이한테 해야 할 중요한 얘기가 있는데 어쩌나."

"왜요? 무슨 일 있어요?"

나는 이온이에게 굳이 사건의 전말을 이야기해야 하는지 잠시 고민했다. 아직 제 입시 앞가림도 못한 아이에게 대학에 붙은 친구의 문제까지 들이미는 게 맞나 싶었다.

"아정이랑 박온이랑 싸우고 징계위원회 열어 달라고 한 것 때문에 그러세요?"

"이온이도 그건 알고 있었구나. 정확히 그 일은 아니고, 그 일과 관련이 있긴 한데…….

"둘 다 마음이 복잡할 거예요. 제 경험상 그럴 때는 그냥 잠깐 내버려두면 돼요, 쌤."

어떨 때 보면 아이들이 자기보다 곱절은 더 산 어른보다 더 훌륭한 답을 내놓을 때가 있다. 재촉하지 않고 시간을 주는 것도 저들끼리 있을 땐 참 자연스럽다. 할 수만 있다면 그 템포에 맞춰 나도 속도를 조절하고 싶다. 하지만 결국 나에게 주어진 역할은 고리타분한 어른일 뿐이다. 선생님이니까, 나는 효율과 합리를 따져 상황을 정리해야 한다.

"그래. 네 말이 맞다. 마주친 김에 이온이 선생님이랑 이야기 좀 해 볼래? 지원하고 싶은 데 생각해 봤어?"

이온이의 얼굴이 금방 울상이 되었다. 알 만하다. 이온이는 대학 입시를 위해 전략적으로 달려온 부류는 아니었다. 그렇다고 학교 생활에 불성실하게 임한다거나, 태도가 안 좋은 것은 절대로 아니었다. 이온이라면 조금만 더 노력하면 성과가 확 나타날 수 있을 텐데, 아쉬운 마음이 들지 않은 것은 아니다. 하지만 경험으로 알 수 있다. 이온이는 어쭙잖은 외부 자극에 움직이는 아이가 아니라는 것을. 그게 무엇이 되었든 자기 안에서 동기의 불꽃이 피어날 때 비로소 힘을 낼 수 있는 아이다.

"쌤, 아무리 생각해도 저 너무 한심해요."

"왜? 성적이 마음에 안 들어? 그런데 너 솔직히 그렇게 열심히 한 건 아니잖아."

내가 장난스럽게 운을 띄우자 이온이는 토라진 표정을 감추지 않고 입을 삐쭉 내밀었다.

"알아도, 저도. 다 자업자득인 거."

"원서 쓸 만한 학교들은 좀 찾아봤어?"

"네… 그런데 도대체 제가 뭘 원하는지를 모르겠어요. 물론 가고 싶다고 다 갈 수 있는 건 아니지만."

"그렇구나, 그래도 아직 시간이 있으니까 차근차근 생각해 봐. 부모님과도 의논해 보고."

이온이는 어림도 없다는 듯 고개를 절레절레 흔들었다.

"엄마 아빠는 진짜 도움이 안 돼요. 남들 공부할 때 안 하더니 꼴 좋다고 맨날 놀리기나 하고."

웃긴 상황이 아닌데도 웃음이 났다. 느슨해 보이지만 믿음과 애정으로 꽉 찬 가정이라는 게 이온이를 보면 티가 났다. 하지만 이온이는 자못 심각한 표정이었다.

"선생님. 저는 뭘 걱정해야 되는지도 모르겠어요. 공부를 열심히 안 했으니까 좋은 대학에 못 가는 건 당연한 건데, 재수를 한다고 해도 어떤 목표를 가져야 할지 솔직히 잘 모르겠어요."

나는 어쩌면 지금 이온이가 가진 고민이 진정한 열아홉의 고민이 아닐까 생각해 봤다. 취학통지서와 함께 출발선에 선 아이들은 하나같이 대학 입시를 위해 달려가지만, 정말 무엇을 위해 질주하는지 아는 아이는 극소수에 불과할 것이다.

"쌤, 저 진짜 한심하죠? 혼나도 싸요. 이제 와서 이런 고민이나 하고."

"한심하긴 뭐가 한심해. 각자 각성하는 시기가 다른 것뿐이야. 물론 조금 빨리 해 주면 더 효율적이겠지만?"

나는 이온이의 은색 머리를 가볍게 토닥이며 덧붙였다.

"머리 대단한데? 무슨 결심이라도 선 사람처럼?"

"이거 원래 박온이랑 같이 하기로 했던 건데⋯⋯."

이온이는 말끝을 흐리며 어깨를 으쓱했다.

"그냥 저 혼자 해 버렸어요. 걔는 워낙 정신이 없어서."

"말이 나왔으니 말인데, 온이한테 무슨 일이 있니?"

"제가 생각을 해 봤는데요, 쌤⋯⋯."

말과 동시에 이온이는 정말로 잠시 생각에 잠겼다. 이제 막 이해하기 시작한 삶의 또 다른 단면을 말로 정리하려니 쉽지 않다는 듯 천천히 단어를 고르는 눈치였다. 나는 잠자코 기다려 주었다.

"저는 원하는 게 뭔지를 몰라서 달려 보지도 못한 거고, 온이는 원한다고 생각하고 한참을 달렸는데 막상 도착하고 보니까 그게 진짜 자기가 원하는 게 아니었다는 걸 깨달은 것 같아요. 전혀 다른데 또 비슷한 것 같기도 해요. 아직 원하는 곳에 도착을 못했다는 점에서는요."

멋지게 정리해 놓고도 아 이게 아닌데, 말이 좀 이상하죠 쌤, 하며 이온이는 쑥스럽다는 듯 몸을 비틀었다.

"뭐 그래 봤자 걔는 공부를 잘하니까 마음만 정하면 다 할 수 있을 거예요. 저랑 비슷하다는 말은 취소요."

어쩌면 이온이의 말이 맞을지도 모른다. 차곡차곡 충실하게 성적을 쌓아 온 온이가 어떤 진로 앞에서든 더 유리한 고점을 차지한 것은 분명한 사실이다. 하지만 이런 생각을 할 줄 아는 이온이에게도 기대하지 않았던 잠재력이 아주 많이 숨어 있다고, 이온이도 언제든 마음만 정하면 조금 늦더라도 원하는 곳에 꼭 도착할 수 있을 거라고 말해 주고 싶었다. 고3 담임이 할 법한 반응인지 아닌지는 잘 모르겠지만, 어쨌든 나는 이온이를 응원해 주고 싶었다.

"이온아."

"네?"

"너도 언젠가는 열심히 달릴 날이 있을 거야. 선생님은 그렇게 생각해."

"그럴까요 선생님? 계속 한심하면 어떡해요?"

"일단 잘 먹고 잘 자고 운동 열심히 해. 한심한데 아프기까지 하면 진짜 더 한심해지거든. 좀 한심해도 건강하면 언제든 덜 한심해질 수 있어."

"에이, 뭐예요, 쌤."

"진짜야. 선생님 경험담이야. 한심한데 아프면 결국 마음도 병들어. 알았지?"

"흐음, 한심해도 우선은 건강하면 된다… 뭐, 일단 새겨 둘게요, 쌤."

"그래. 건투를 빈다."

나는 이온이에게 자못 비장한 얼굴로 악수를 청했다. 이온이 역시 입술을 씰룩거리면서도 진지한 얼굴을 유지하려 애쓰며 악수에 응했다.

'한심함을 벗어날 그날을 위해 건강을 비축할 것.'

이온이와의 약속은 그렇게 성사되었다.

*

아정이에게서 연락이 온 것은 한밤중이었다. 딸아이의 잠자리를 봐 주는데 진동이 울렸다. 잠자리 독립을 시도하기를 몇 번, 번번히 실패를 맛보다 모처럼 마음을 모질게 먹은 날이었다.

"엄마, 전화!"

"안 받아도 되니까 눈 꼭 감으세요."

"왜에, 급한 일이면 어떡해!"

"아휴, 정말!"

막무가내인 딸의 성화에 못 이겨 뒤집어 놓았던 휴대폰을 확인했다. 아정이었다. 그 이름을 확인한 순간 진동에서부터 느껴지는 다급함에 전화를 받지 않을 수 없었다.

"여보세요? 아정이니?"

"선생님, 그 글, 저 아니에요. 제가 쓴 게 아니긴 한데, 제 잘못은 맞아요. 죄송해요."

징계위원회를 열어 달라며 부정행위를 고발하던 고집은 모두 떨어져 나간 듯, 아정이의 목소리는 힘 없이 떨리고 있었다.

"그게 무슨 소리야?"

"오빠들이에요. 저도 조금 전에 확인했어요. 더 빨리 눈치챘어야 했는데. 평소에 오빠들이 그 커뮤에 자주 들어갔거든요."

"오빠들? 정우랑 정수? 걔네가 왜 그런 짓을 하니?"

"평소에 박온을 못마땅해했어요. 건방지다고. 제가 얼마 전에 박온이랑 있었던 일을 얘기했는데, 그 새끼 그럴 줄 알았다면서 갑자기 막 흥분하더니 저한테 말도 없이 그런 일을……."

"확실한 거니? 확실한 거면 오빠들한테 그 게시물 빨리 삭제해 달라고 말해 줄 수 있을까?"

"네 선생님, 안 그래도 내리라고 한바탕하고 전화드린 거예요… 죄송해요."

내 볼에 제 얼굴을 바짝 들이대고 통화를 엿듣는 딸아이를 멀찌 감치 밀어내는데, 저 너머에서 아정이의 깊고 고단한 숨소리가 들렸다.

"어쩌다 박온이랑 좀 크게 싸우게 됐는데 그때 박온이 저를 무시하는 말을 했거든요. 걔도 화가 나서 그랬을 텐데, 저도 너무 자존심이 상해서 정신이 나갔었나 봐요. 그래서 징계위원회도 열어 달라고 한 거였어요. 박온이 너무 얄밉고 괘씸해서."

"그래. 아정아, 혹시 온이랑도 연락해 봤니?"

"그게, 폰이 계속 꺼져 있대요. 박온은 SNS도 안 해서 디엠도 못 하거든요. 박온도 학교 안 나왔어요?"

"응, 온이도 결석이네."

"네… 선생님 죄송해요. 일을 이렇게 만들려던 건 아니었어요.

제가 생각을 정리하기도 전에 오빠들이 설쳐대는 바람에…….”

“그래 아정아, 괜찮아. 일단은 밤이 늦었으니까 푹 쉬고, 학교에서 다시 얘기해 보자. 알았지?”

“네 선생님, 안녕히 주무세요…….”

아정이와 통화를 끊고 나니 어느새 식은땀으로 등이 흠뻑 젖어 있었다. 게시글 작성자가 정우와 정수였다니, 전혀 예상 못 한 일이었다. 우선은 아정이인 것보다는 상황이 나아 보였다. 그렇다고는 해도 아정이 전혀 연루되지 않은 건 아니었다. 이 일을 학년 부장에게 어떻게 설명하면 좋을까. 갑자기 모든 상황이 성가셔 미쳐 버릴 것만 같았다. 수능까지 무사히 치르고 졸업만 시키면 되는 시점에 이런 일이라니.

솔직한 심정으로는 아정이도 온이도, 정우와 정수도 모두가 원망스러웠다. 그냥 조용히나 있을 것이지. 그런 생각을 하다가 흠칫 놀랐다. 나를 귀찮게 한다고 그 아이들이 전부 그른 것은 아니지 않은가. 나는 이리저리 나뒹구는 사념을 덮어 두고 딸아이를 재우는데 몰두하기로 마음 먹었다. 그 일만큼은, 지금 당장 내가 가장 성공적으로 수행할 수 있는 미션이었다.

포근한 이불에 싸여 아늑해서 좋아, 엄마랑 자는 게 좋아, 종알거리는 딸의 얼굴을 가만가만 쓰다듬었다. 졸음이 쏟아지는 와중에도 끊임없이 뭔가를 말하고 싶어 하는 아이. 그 작은 몸을 꼭 끌어안고, 말랑한 찹쌀떡 같은 손을 원 없이 내 손 안에 포갤 수 있는 날도 얼마 남지 않았을 것이다. 떠오르는 햇살처럼 해사한 이 얼굴도 곧 아정이처럼, 온이처럼, 혼란스러운 시기를 맞이하겠지. 나는 어쩐지 조금 서글퍼졌다.

다음날 출근과 동시에 교장의 호출이 있었다. 달갑지 않았지만 가지 않을 핑계도 없었기에 무거운 발걸음을 뗐다. 마지막으로 다시 한번, 게시글이 삭제된 것을 스마트폰으로 확인하고 교장실 문을 열었다. 그곳에는 내가 전혀 예상하지 못한 두 인물이 마주 보고 앉아 있었다.

회의 테이블을 사이에 두고 한쪽에는 박온의 아버지인 박호남 대표가 단정한 수트 차림으로 허리를 곧게 펴고 정면을 응시하고 있었고, 맞은 편에는 정우와 정수, 그러니까 아정의 어머니이기도 한 곱슬머리 여성이 팔짱을 굳게 낀 채로 대치 중이었다. 그 짧은 순간에도 느껴지는 긴장감에 나는 뭔가 대단히 귀찮은 일이 벌어질 것임을 직감했다. 교장선생님 역시 난감한 기색을 숨기지 못하고 있었다. 어서 빨리 이 대치 상황을 끝내 주길 바라는 구원 투수로 나를 지목한 모양이었다.

"아! 임 선생님 오셨네요. 그럼 우선 세 분이서 말씀을 나눠 보시죠. 가장 자세한 상황을 알고 계신 분입니다. 저는 회의가 있어서 잠시 자리를 비우겠습니다."

교장은 서둘러 자리를 털고 일어섰다. 동시에 네 개의 눈동자는 나를 향했고, 나는 그대로 잠시 얼어붙었다. 어색한 공기를 깨고 박호남 대표가 먼저 입을 열었다.

"안녕하세요 선생님, 저는 박온 아빠 되는 사람입니다. 이렇게 불미스러운 일로 찾아뵙게 되어 유감입니다."

이에 질세라 아정의 어머니가 말을 받았다.

"어머 선생님, 오랜만이죠. 고생이 많으세요. 참, 아기는 잘 크고 있죠?"

박호남 대표 앞에서 나와의 친분을 과시하려는 그녀의 의도가 명백해 보였다. 그러나 요 근래 그녀가 아정이의 문제로 학교를 찾기란 손에 꼽을 정도로 드문 일이었다. 정우와 정수가 졸업하기 전에는 하루가 멀다 하고 학교에 찾아와 봉사하던 그녀의 정성도 올해로 거의 끊기다시피 했었다. 초등학생인 나의 딸을 아직도 '아기'라고 표현하는 걸 보니, 그녀의 인식 속에서 아정이와 삼 년 내내 연을 맺어 온 나의 시간은 멈춰 있었을 것이다. 관심 밖의 일이라는 의미이기도 했다.

"선생님 바쁘실 텐데 본론으로 들어가죠."

박호남 대표는 전혀 동요하지 않고 차분하게 용건을 꺼냈다. 아정의 어머니도 다시 미간을 찌푸리며 팔짱을 끼고 털썩 자리를 잡

앉다. 오직 나만이 아무런 대비 없이 얼빠진 사람처럼 그대로 서 있을 뿐이었다.

"선생님 생각은 어떠세요?"

다짜고짜 아정의 어머니가 질문을 던졌다.

"네? 뭐가……."

"그러니까, 누가 더 심각한 상황인 것 같으세요? 박온 학생이랑 우리 애들이랑 놓고 봤을 때요."

"제대로 설명을 먼저 하셔야죠. 그렇게 대뜸 물어보면 선생님이 얼마나 당황스러우시겠습니까."

이번에는 박호남 대표가 먼저 나서서 말꼬리를 잘랐다.

"저는 아정이 오빠들 고소하려고 검토 중입니다. 허위사실유포로요. 여기 아정이 어머님께서는 우리 온이가 그동안 저지른 부정행위가 더 문제라는데, 제 의견은 그 부정행위라는 것 자체가 허위사실이다 이거죠."

"아니, 그럼 우리 애들이 거짓말이라도 했다는 말씀이세요? 도대체 왜요?"

"그거야 저도 모르죠. 여기 애들 중에 온이를 시샘하는 세력이 있다는 이야기는 전부터 심심치 않게 들었습니다. 뭐 그쪽 자제들도 그런 경우가 아닐까 싶습니다만."

"저기요. 우리 애들도 학교에서 인기 많고 공부도 곧잘 했습니다. 무슨 근거로 우리 애들이 당신 아들을 질투한다는 거예요?"

박호남 대표는 별다른 대꾸 없이 아정의 어머니를 위아래로 천천히 훑었다. 다분히 의도적인 시선에 아정이 어머니의 얼굴이 화르르 달아올랐다. 나는 다급히 그들의 언쟁을 막아야만 했다.

"어머님 아버님, 일단은 게시 글도 삭제했으니까 잠시 기다려 주시죠. 아정이랑 온이 둘 사이에 작은 다툼이 있었던 모양인데, 화해를 시도하는 중에 이런 일이 생긴 것 같아요. 정우랑 정수도 아마 충동적인 마음에 실수한 거겠죠. 다 큰 것 같아도 아직 감정에 잘 치우치는 아이들입니다. 이런 식으로 졸업하면 아이들 마음도 좋지 않을 거예요. 너그러이 서로 용서하고 넘어가면 어떨까요?"

따로 준비하지도 않은 말이 술술 잘도 나왔다. 교직 생활 십 년이 넘으면 이런 능력도 생기는구나, 나는 새삼 나의 변화에 감탄했지만 그러고 있을 때가 아니었다. 어서 빨리 이 자리를 봉합하고 내가 할 일에 집중해도 시간이 모자랐다.

아정의 어머니는 여전히 씩씩거리고 있었지만 어느 정도는 분을 삭힌 분위기였고, 박호남 대표는 무언가를 골똘히 생각하는 것 같았다. 나는 내친 김에 그들을 집으로 돌려보내기로 마음 먹었다.

"오늘은 일단 집에 돌아가셔서 각자 자녀 분들과 이야기를 해 보시는 건 어떨까요?"

그때 결론을 내렸다는 듯 박호남 대표가 입을 열었다.

"김이온 학생을 불러 주실 수 있을까요?"

"네? 이온이를요?"

당황스러웠다. 이온이의 이름이 나온 순간 아정이 어머니의 얼굴에도 화색이 돌았기 때문이다.

"그렇네요, 이온이가 있었네! 이온이가 우리 아정이랑도 친하고 온이랑도 친하다면서요! 상황을 다 알고 있겠네!"

"이온이가 두 학생과 친한 건 사실이지만 이 사건과는 무관합니다. 아무 상관도 없는 학생을 학부모님들만 계신 자리에 부르기는 조금 그래요."

"규정에 어긋나는 일인가요?"

"네?"

"뭐, 학교 규정에 어긋나기라도 하는 일인지, 제가 직접 교장선생님께 부탁드릴까요?"

박호남 대표가 주머니에 넣어 둔 휴대폰을 무기처럼 꺼내 들었다. 바로 교장에게 전화라도 걸 것처럼 시늉을 하는 그가 한 마리의 포식자처럼 느껴졌다. 나도 모르게 거짓말이 나왔다.

"아버님 잠시만요, 오늘 이온이가 결석이에요. 마침 아정이도 온이도 학교에 없으니 이온이까지 부르는 일은 다른 아이들이 함께 있을 때 다시 추진해 보시는 게 어떨까요?"

"이온이가 학교에 없단 말씀이시죠?"

"네. 오늘 병가 결석입니다."

나는 박호남 대표가 지금 당장 교실에라도 쳐들어가 이온이의 부재를 확인하려 들까봐 조마조마했다. 하지만 누구보다 위신과 처세를 중요하게 생각하는 그는 떨떠름한 표정으로 나의 말에 수긍했다. 이번엔 아정의 어머니가 거들었다.

"그럼 우리 아정이랑 온이랑 이온이 셋 다 되는 날로 정해서 아버님, 선생님, 교장선생님까지 다 있는 자리에서 한번 들어보죠. 누가 진짜 잘못한 건지요."

두 보호자는 이온이가 당연히 자신의 아이를 보호해 줄 거라 철석같이 믿고 있었다. 자신의 아들을 이온이의 반의반만큼도 이해하지 못하는 박호남 대표도, 자신의 딸이 이온이와 어떤 우정을 쌓아 왔는지 조금도 알지 못하는 아정이의 어머니도, 동시에 이온이를 외치며 갈등을 해결해 줄 수단으로 취급하고 있었다.

딸아이의 잠투정을 보며 아이의 십 년 후를 그려 보던 나는 두 부모의 다툼을 보며 나의 십년 후를 상상해 보게 되었다. 부모란 결국 어느 정도는 이기적일 수밖에 없는 존재라는 걸, 결국엔 나도 받아들이게 될까.

벌써부터 겁이 났다.

아침 7시도 되기 전에 엄마에게서 전화가 왔다. 밤을 꼴딱 새우다시피 한 탓에 눈꺼풀이 무거웠다. 오빠들이 또 전화를 안 받는구나, 원통해하며 손가락만 겨우 움직여 통화 버튼을 눌렀다.

"엄마 왜, 정수랑 정우 중에 누구."

"너는 오빠들한테 정수 정우가 뭐니?"

"아 그래서 누구 바꿔 주냐고."

"둘 다 아니야. 너한테 할 말이 있어서 그래."

"뭔데?"

"엄마 지금 너네 학교 간다. 박온 아빠랑 선생님 만나러."

눈이 번쩍 뜨이고 몸이 용수철처럼 튀어 올랐다.

"그게 무슨 말이야? 학교는 왜 가?"

"박온 아빠가 박호남 대표라며? 너는 하필 건드려도 그런 애를 건드려서… 오빠들 고소하겠단다, 허위사실유포로. 자기 이미지 손실이 심각하다나 뭐라나. 내가 가서 막아야지."

"내가 진짜 못 살아! 조정수 조정우 진짜 개짜증나!"

"너 똑바로 말해. 박온이 진짜 컨닝했어?"

"했어. 근데 내가 가르쳐 준 거라고 했잖아. 그러니까 나도 같이 한 거나 마찬가지야."

"선생님들이 걔를 특별히 봐주고 이뻐하고 그랬다는 거지?"

"아 그건 오빠들 말이고! 나는 모른다고!"

"암튼 알았어. 엄마가 일단 가서 잘 말해 볼게. 조아정이 너도 처신 잘하고, 오빠들 말 잘 듣고, 알았지?"

밤새 친구들이랑 술 먹고 게임하느라 새벽에야 집에 들어온 쪽은 조아정이 아니라 조정수와 조정우라는 말은 꺼내지도 못하고 나는 그냥 알겠다고만 했다. 머릿속이 빙빙 돌았다. 왜, 어째서, 이렇게 나의 의사와는 상관없이 확장되고 마는 것인지. 나는 그저 잠시 화를 냈을 뿐인데 불씨는 어느새 오빠들 손에 넘어가 걷잡을 수 없이 번지고 있었다. 나는 이런 상황을 원한 것이 절대 아니었다.

'어쨌건 원인 제공을 한 건 네가 맞잖아. 화를 좀 참지 그랬어. 너는 늘 그런 식이야.'

내 안에서 다른 목소리가 울렸다. 억울한 나를 나무라는 침착하고도 날카로운 목소리. 나는 번번이 이 목소리에 휘둘린다.

방바닥 한편에 이불을 정돈하고 오빠들이 너부러져 잠들어 있는 거실로 나갔다. 코딱지만 한 방 두개가 딸린 작은 빌라는 부모님이 오빠들의 대학생활을 위해 큰맘 먹고 마련해 준 전셋집이었다. 오빠들이 목표한 서울 대학에 붙자 엄마는 온갖 호들갑을 떨며 적당한 집을 물색하기 위해 서울을 밥 먹듯이 드나들기 시작했다. 아빠는 말해 뭐 하겠는가. 이 순간만을 위해 저축해 두었다는 듯 미련 없이 쌈짓돈을 풀었다.

나는 그 난리통을 보면서 직감할 수 있었다. 아, 이제 내 몫은 거의 남아 있지 않겠구나.

역시나 나에 대한 부모님의 지시는 명확했다. '집에서 통학 가능한 거리에 있는 적당한 대학을 간다면 다달이 용돈은 물론, 오빠들이 쓰던 방을 모두 내어 주겠다. 하지만 굳이 서울로 진학하고 싶다면 생활비만큼의 장학금을 받을 수 있는 곳으로만 진학이 가능하며, 오빠들 집에 같이 살되 살림을 도와야 한다.' 어느 모로 보나 평등과는 거리가 먼 불공정 조약이었지만, 그리고 그 집을 '오빠들 집'이라고 표현하는 엄마 아빠의 속내가 말할 수 없이 서운했지만, 나는 받아들일 수밖에 없었다. 명백한 차별에 익숙해진 나 자신이 차별을 스스럼없이 행하는 가족들보다 더 미울 때도 많았다. 가족들의 태도에 자연스럽게 분노하고, 나에게 할애되어야 할 애정을 당당하게 요구하는 일은 내게 있어 자기주도학습보다도 어려운 일이었다.

"야, 나 물 한 컵만."

조정수가 일어났다. 조정수가 일어나면 귀신같이 조정우도 일어나 같은 요구를 한다.

"나도 물."

평소라면 생각을 거칠 것도 없이 떠다 주었을 물 한 컵이지만 나는 꿈쩍도 하지 않았다. 내가 마실 우유 한 컵과 노릇노릇하게 구운 토스트를 접시에 올리고 잼 뚜껑을 딸 때까지도 조정수와 조정우는 두 눈만 꿈뻑이며 나를 바라보고 있었다.

"야, 물 안 줘?"

"알아서 떠다 먹어. 내가 니네 종이야?"

조정수가 머리를 긁적이며 조정우의 옆구리를 찔렀다.

"야, 쟤 왜 저러냐."

"몰라. 생리하나 보지."

조정우는 끙 하고 몸을 일으켜 화장실로 향했다. 끝끝내 둘 중 누구도 그 놈의 물 한 컵을 뜨러 오지 않았다. 저 한심한 오빠놈들의 본색을 세상이 알아야 하는데. 나는 가까스로 분한 마음을 삭이며 내 몫의 아침식사를 끝냈다.

약속 장소로 향하는 내내 나는 엄마에게서 다시 전화가 걸려 오기를 기다렸다. 박호남 교수가 정말로 고소라도 하면 오빠들은 어떻게 되는 걸까? 두 진상이 한번 호되게 당했으면 좋겠다는 생각은 해 봤지만 이런 식은 아니었다.

오늘의 약속은 수능 전에 P여대에 먼저 합격한 예비 신입생들이 모이는 자리였다. 이런 일이 없었다면 한껏 꾸미고 갈 계획이었지만 지난 밤 오빠들과의 드잡이 후 담임선생님과 통화까지 한 여파로 잠을 설치고 말았다.

30분이나 일찍 카페 앞에 도착했다. 들어가서 음료를 먼저 시켜 버리면 나중에 사람들이 도착할 때쯤엔 이미 다 마셨을지도 모르는데 어쩌나, 입구에서 고민하고 있는데 누군가가 어깨를 톡톡 두드렸다. 작은 키에 동그란 얼굴, 웃을 때 반달눈에 깊게 팬 인디언 보조개가 인상적인 내 또래의 여자아이였다.

"혹시… P여대 신입생 모임 왔어요?"

"어! 맞아요! 어떻게 아셨어요?"

"가방에 달린 인형, 나도 똑같은 게 있거든."

그 애의 가방에도 P여대의 마스코트가 대롱대롱 달려 있었다. P여대의 마스코트는 지옥에서 온 것 같은 끔찍한 비주얼로 유명했는데, 그 중에서도 가장 못생기게 나온 걸로 골라 가방에 달고 다니면 액운을 떨쳐 준다는 미신이 있었다.

"이거 몇 개라도 더 팔아먹으려고 학교 측에서 퍼뜨린 소문 같기는 한데, 그래도 뭐, 혹시 모르니까."

그 애가 마스코트를 주먹으로 콩콩 때리며 말했다. 반가운 마음에 나 역시 재빨리 화답했다.

"나도 그 소문 때문에 샀는데. 진짜 못생기지 않았어?"

"어떻게 이렇게 만들 생각을 했을까? 근데 또 이것 때문에 합격한 건가 싶어서 못 떼겠더라고. 아, 나는 윤우정이야. 유정이 아니고 우정. 프렌드십의 그 우정 맞아."

"오, 나도야! 진짜 행운이라도 가져다주나 싶어서 아직도 달고 있어. 반갑네. 나는 조아정이야."

침울하게 가라앉았던 마음이 조금은 다시 떠오르는 것 같았다. 어색하게 외톨이처럼 앉아 있을 걱정은 덜었다 싶었다. 우정은 힘 있게 앞장서 걸어 들어가더니 적당한 자리를 물색했다.

"오늘 오는 사람이 총 몇 명이지?"

"글쎄, 단톡방에 있는 애들 중에 두 명 빼고 다 오니까, 여섯 명인가?"

"그럼 저기 앉으면 되겠다. 내 옆에 앉을래?"

나는 우정이 못 볼세라 고개를 크게 끄덕였다. 우정이 가장 구석 자리에 가방을 내려놓는 것도 안심이었다. 최대한 구석으로 숨어들어 다른 사람들을 먼저 관찰하는 게 내 습관인데 우정 역시 그런 것 같았다.

"아정이? 너는 어디 살아?"

나는 잠시 고민하다 대답했다.

"아, 나는 세종시 근처 살아."

세종 아니면 천안 근처가 주로 내가 선택하는 답이었다. 물론 우리 집은 세종시도 천안시도 아니었지만 그나마 가까이 붙은 대도시를 말해 줘야 대충 어디쯤인지 감이라도 잡을 것이다. 또래에게 설명하기엔 천안보다는 세종이 더 신도시 느낌이 들어 선택한 답이었다.

"오 세종! 나는 광주. 전라도 광주 말고 경기도 광주. 여기 오는데 두 시간 걸린 거 실화야? 넌 얼마나 걸렸어?"

"나는 오빠들이 서울에 살고 있어서 거기서 오는 길이야. 지하철로 30분 정도 걸리던데?"

"좋겠다! 넌 그럼 기숙사 신청 안 해?"

"아니, 신청하고 싶어. 부모님만 허락하시면……."

"왜? 서울에 집 있으면 거기 살면 좋잖아."

"뭐, 오빠가 둘이라 집도 좁고… 공부에 집중하기에도 기숙사가 좋을 것 같고……."

나는 대충 말을 얼버무렸다. 다행히 우정은 누군가와 디엠을 주고받느라 정신이 팔린 눈치였다.

"아 미안, 남친이 자꾸 말 걸어서. 여기 여자밖에 없다는데도 자꾸 캐묻는다."

"남자친구 있어?"

"응. 고2 때부터 사귀었는데 얘는 대학 안 가거든. 뭐 자기가 갈 길에는 굳이 대학이 필요 없다나? 근데 어디서 대학 가면 다 바람 난다는 소리를 듣고 와서 요즘 좀 불안해하네."

"와, 고2 때부터? 부모님이 허락하셨어?"

"처음엔 불량해 보인다고 싫어했는데 요즘 우리 엄마는 나보다 내 남자친구랑 더 친해. 하여튼 신기한 애야. 사진 보여 줄까?"

우정이 인스타그램을 열었다. #love_with_friendship 이라는 태그가 붙은 커플 계정은 커플 계정인 것치고는 주로 우정의 사진과 영상으로 도배되어 있었다. 특이한 점은 사진에 어플을 쓴 흔적이 거의 보이지 않는다는 것이었다. 보정을 잔뜩 먹이고 필터를 덧씌운 사진을 하루에 백 장씩 찍어대는 평범한 또래 여자아이의 갤러리와도 많이 달라 보였다. 바둑판 모양으로 정렬 된 두 사람의 계정은 사진을 업로드할 때마다 전체적으로 보여질 색감과 분위기를 세심하게 계산한 듯 콜라주처럼 잘 정돈되어 있었다. 인스타그램 전체가 하나의 작품 같았다.

"와, 계정 느낌 되게 좋다. 네가 다 올리는 거야?"

"아니. 관리는 남자친구가 해. 사진이나 영상 찍어서 편집하는

걸 좋아하거든. 요즘엔 드론 촬영에 빠져 있어. 볼래? 보고 괜찮
으면 좋아요랑 구독 좀 눌러 줘."

우정은 이번엔 유튜브에서 남자친구의 것으로 추정되는 채널로
들어가더니 한적한 해변가에서 찍은 드론 영상을 보여주었다. 파
란 하늘과 그보다 더 파란 바다가 경계 없이 펼쳐져 있는 해변의
모래사장 위로 짧은 반바지에 크롭티를 입은 우정이 보였다. 영상
속 우정은 천천히 고도를 낮추는 드론을 향해 만세를 하며 폴짝폴
짝 뛰었다. 내리쬐는 태양을 고스란히 받은 우정의 피부는 보기
좋게 그을려 있었다. 영상 속에서 찬란히 빛나는 여자아이가 지금
내 눈앞에 앉아 있는 우정과 똑같은 사람이라니 어쩐지 조금 신기
했다.

"너무 행복해 보인다."

나도 모르게 튀어나온 본심이었다. 우정은 내 진심 어린 피드백
이 마음에 들었는지 더 활짝 웃었다.

"말도 마. 드론 촬영 가능한 곳에 사람도 별로 없고 경치도 좋
은 스팟 찾는다고 얼마나 고생했는데. 그래서 웃고 있는 거야. 드
디어 찾았다! 드디어 끝났다! 하고."

"언제 찍은 거야? 둘이서만 다녔어?"

"아니. 그때는 아무래도 운전할 사람이 필요해서 남자친구 사
촌누나랑 같이 다녔어. 작년 여름방학 때였나 아마 그랬을 거야.

덥기는 얼마나 덥던지. 그래도 영상은 잘 나왔지?"

작년 여름방학이라면 나에게도 남은 기억이 하나 있다. 우정의 것과 비교하면 평범하기 짝이 없지만 그래도 조금은 특별하게 추억될 장면들. 이온이와 둘이서 합정이니, 성수니, 하는 곳을 종일 쏘다니며 작고 귀엽고 쓸모없는 것들을 사고, 달고 매운 것들을 배탈 나기 직전까지 먹으러 다녔던 기억. 나는 갑자기 조금 울적해졌다. 그리고 엄마는 정말 귀신같이, 내 기분이 엉망이 되려는 때를 포착하는 사람이다. 우연히 맞춘 타이밍을 놓치지 않고 더 확실히 망쳐 놓도록 신경을 긁는다. 이번에도 마찬가지였다.

"전화 오는 거 아니야? 안 받아?"

카페 안으로 속속들이 동기들이 도착하고 있었다. 나는 잠시 나의 형벌을 유예하고 싶었다.

"괜찮아. 엄만데 급한 일 아닐거야. 이따 받지 뭐."

처음 보는 얼굴들과 어색한 인사를 나누는 사이 그새를 참지 못한 엄마의 문자가 도착했다.

—네 친구 김이온이 전화번호 좀 보내봐.

다짜고짜 이온이의 번호를 요구하는 짤막한 메시지였다.

'너 이제 어쩔 꺼야. 이온이가 과연 네 편을 들어 줄까? 이온이

는 늘 박온 편인 거 몰라?'

내 안의 두려움이 또다시 말을 걸기 시작했다.

*

학교에서 제일 친한 애가 누구인지 묻는다면 내 머릿속에 떠오르는 사람은 어쩔 수 없이 이온이일 수밖에 없다. 고등학교에 입학한 이후부터는 늘 그랬다. 내가 이온이와 친해지는 사이 다른 아이들 역시 각자의 무리를 만들어 갔고, 이온이에게 나는 어쩌면 두 번째일 수밖에 없겠다는 생각이 들었을 때는 이미 모든 그룹이 자신들만의 견고한 코드를 형성한 후였다.

박온과 친하게 지낼 결심을 해 보지 않은 것은 아니었다. 하지만 박온은 어쩐지 나를 지나치게 꿰뚫어 본다는 느낌이 들어 좀처럼 편해지지 않았다. 그 애는 늘 이온이 옆에 바짝 붙어 방어막을 세우고 있었고, 난 그저 이온이의 친한 친구니까 적당히 대해 주겠다는 태도 그 이상도, 그 이하도 보이지 않았다. 자존심이 상할 일이 아닌데도 나는 매번 자존심이 상했다.

"쟤가 원래 다른 애들이랑은 말을 길게 잘 못해. 낯을 엄청 가리거든. 네가 기분 상해도 이해 좀 해 줘 아정아."

이온이가 곤란해한다는 것쯤은 잘 알고 있었다. 내가 박온과 끝끝내 친해지지 못해 가장 힘든 쪽은 아무래도 이온이었을 테니까. 하지만 이온이의 곤란함 이상으로 나는 자주 외로움을 느꼈다. 이온과 박온은 전교생 모두가 아는 '온 앤 오프' 한 쌍이었고, 나는 그 사이 어딘가에 함부로 붙은 야광 스티커 같은 존재였으니까. 나 혼자서는 온도, 오프도 될 수가 없는.

"아정아, 너는 정말 나한테 너무 근사하고 소중한 친구야. 힘든 일이 있으면 언제든지 말해. 알았지?"

근사하다는 말, 소중하다는 말. 듣고 보니 너무 좋아서 나는 이온이에게 자꾸만 그 마음을 확인받고 싶었는지도 모른다. 착하고, 마냥 해맑고, 어쩔 땐 허술해 보이는 캐릭터였지만 이온이는 때때로 그렇게 꼭 필요한 말을 할 줄 아는 재주를 가졌다. 집에서도 학교에서도 여기저기 치이기만 하는 소외된 마음을 솔직하게 내비쳤을 때, 마음 약한 이온이는 눈물을 그렁그렁하며 성심껏 나를 위로했다.

"너희 오빠랑 엄마 진짜 너무한데? 내가 보기엔 아정이 네가 오빠들보다 훨씬 야무지고 똑똑한데 그걸 왜 모르시지? 와, 생각할수록 화가 나네. 너무 짜증나잖아! 조정우랑 조정수 멋있다고 난리 치는 애들한테 가서 다 폭로해 버리고 싶다. 그 오빠들 완전 진상이라고."

오빠들에게 모든 기회를 통으로 쥐어 주고 남은 찌꺼기만 받아

먹고 살아온 나의 한을 이온이에게 작정하고 털어놓았던 날, 이온이는 누구보다 분개했다. 그렇게 생생한 분노와 순수한 적개심을 보고 있자니 가슴에 시원한 바람이 휙, 하고 불어오는 느낌이었다. 나에게는 나와 같은 마음으로 화를 내고 같이 속상해 해줄 누군가가 필요했다는 것을, 그제야 깨달았다.

그래서였을까. 나는 이온이에게도 내가 그런 존재가 되었으면 했다. 서로의 아픔을 알아보는 소울메이트. 영원의 단짝. 그런 것이 존재한다고 믿지도 않았는데, 이온이와는 그런 친구 사이가 되고 싶었다.

그런데 그런 마음이 든 것부터가 문제였다. 이온이에게는 이미 그런 친구가 있었으니까. 그들의 오랜 역사를 나 따위가 파고든다는 것부터가 불가능했으니까.

이온에게는 박온이 있었고 박온에게는 이온이 있었다.

"오빠 둘에 막내딸이면 사랑 진짜 많이 받고 컸겠다!"

내 소개를 마치자마자 카페에 어색하게 둘러앉은 아이들 중 누군가가 감탄하듯 내뱉었다.

"무슨 소리야, 오빠가 얼마나 성가신 존재인데."

옆에 있던 우정이 거들어서 나는 조금 놀랐다.

"너도 오빠 있어?"

"친오빠는 아닌데, 사촌 오빠들이랑 가까이 살아서 잘 알아. 내가 외동이라 엄마가 억지로 이모 옆에 붙어서 살았거든. 이모가 아들만 셋이야. 나 진짜 엄청 싸우면서 자랐다."

"오, 나도 오빠 있어. 난 오빠 때문에 식탐이 생겼잖아. 그 돼지가 하도 내꺼 다 뺏어 먹어서."

우정의 말에 누군가가 끼어들었고, 또 누군가는 남동생도 못지않게 성가시다는 말을 했다. 그 옆에 있던 아이는 언니랑 자라도 치고받고 싸우는 건 똑같다고 말하니, 또 그 옆에 새초롬하게 앉아 있던 누군가가 외동은 보는 사람마다 외롭지 않은지 묻는 게 얼마나 지긋지긋한 줄 아냐고 하소연했다.

자연스럽게 서로가 자라 온 배경에 울분을 토로하는 사이 분위기는 한층 화기애애해졌다. 하지만 그대로 그 자리를 즐기고 싶은 마음은 이온이의 번호를 물어보는 엄마의 문자 때문에 자꾸만 방해를 받았다. 다른 아이들이 대화에 열중하는 사이 나는 재빨리 엄마에게 답장을 보냈다.

—이온이는 왜 끌어들여. 이온이는 아는 거 없어.

—잘난 박호남 대표께서 이온이도 불러서 물어보자신다. 너 어
  디야. 왜 전화를 안 받아.

어디냐니. 그러니까 엄마는 애초에 내가 왜 서울에 왔는지도 깜빡한 모양이었다. 나는 오빠들 반찬이나 실어 나르려고 서울에 온

게 아니라고, 3월이면 시작될 내 대학 생활의 동기들을 만나러 왔다고 쏘아붙이려다가 그만두었다.

─이온이한테는 내가 먼저 연락할게. 좀 기다려 봐.

엄마의 설레발을 막기 위해 일단 문자는 그렇게 보냈지만 막상 이온이에게 연락할 생각을 하니 다른 아이들의 말에 집중하기가 어려웠다.

"왜 그래? 무슨 일 있어?"

눈치 빠른 우정이 옆구리를 쿡 찔렀다.

"표정이 갑자기 안 좋아 너. 어디 아파?"

그때였다. 나조차도 전혀 예상하지 못한 일이 벌어졌다. 내 감정을 내가 알아차리기도 전에 옆구리를 찔려서 그런가, 정말로 가슴 어디가 아픈 것도 같았다. 나는 어느새 울고 있었다. 손 쓸 틈도 없이 가득 고여 버린 눈물은 중력을 이기지 못하고 손등 위로 뚝뚝 떨어졌다. 의도치 않게 모두의 이목이 나에게 집중되었다.

이게 아닌데. 대학에서조차 이렇게 첫 단추가 엉망으로 끼워지면 나는 이제 어떡하지? 서러워서 미칠 것 같았다. 눈을 꾹 감아 봤지만 어둠 속에는 지겨워 죽겠다는 얼굴로 나를 바라보던 박온의 얼굴만 떠오를 뿐이었다. 주로 무표정이기만 했던 그 얼굴은 기억에서 건져 올릴 때마다 더 잔인하게 왜곡되더니 어느새 나를 세상에서 가장 하찮은 사람을 대하듯 내려다보았다. 아무것도 하지 않아도, 그저 자신인 상태로 앉아 있는 것만으로도 누군가에게는 굴욕을 줄 수 있다는 사실을 박온은 알기나 할까.

"아정아, 너 아까 배 아프다더니 심해졌구나? 체한 것 같다며."

우정이 모두가 들을 수 있는 큰 목소리로 물었다. 곤란해진 나를 대신해 핑계를 생각해 준 것이다. 나는 재빨리 고개를 끄덕이며 어색하게 손을 배 위에 올렸다.

"어떡하냐. 갑자기 더 아픈가 보네. 나랑 약국이라도 다녀올래? 근처에 약국 있었던 것 같은데."

"그래 줄래? 고마워."

나는 우정의 호의를 냉큼 받아들였다.

"혹시 자리 옮기게 되면 단톡방에 남겨 줘. 우리 잠깐 약국 다녀올게."

우정이 일행에게 당부하는 사이 나는 서둘러 걸음을 옮겼다. 이미 둑이 터져 버린 눈물은 2차 방출을 준비 중이었다. 카페 입구를 나가 몇 걸음 걷지도 못했는데 역시나 시야가 흐려졌다. 어느새 따라 나온 우정이 옆에서 보폭을 맞추며 걸어 주고 있었다.

"미안. 실은 내가 얼마 전에 바보 같은 짓을 좀 저질렀거든. 괜찮다고 생각했는데 왜 여기 와서 눈물이 터지는지 모르겠다."

"흐음, 그럼 안 괜찮았나 보네. 나도 맨날 별것도 아닌 걸로 잘 울어. 아 물론, 너 우는 게 별거 아니란 소리는 아니고."

나는 우정에게 고맙다고 말했다. 미안하다고도 말했다. 고마워. 위로해 줘서 고마워. 나와 같이 나와 줘서 고마워. 나 때문에 미안해. 너까지 나올 필요는 없었는데 미안해. 난 신경 쓰지 말고 들어가 봐 미안해. 우정은 그런 나를 재미있다는 듯 바라보았다. 내 얼굴이 많이 웃긴가? 콧물이라도 나왔나? 손끝으로 눈물을 닦고 얼굴을 훑는데 우정이 말했다.

"너는 우는 와중에도 참 많은 생각을 하는구나? 뭐가 그렇게 계속 고맙고 미안해? 내가 따라 나오고 싶어서 나온 거니까 너무 걱정하지 마."

나는 조금 머쓱해져서 일단 발길 닿는 대로 터벅터벅 걸었다. 우정은 딱히 목적지가 없이 걷는 나를 가뿐하게 쫓아왔다. 십분 정도를 그렇게 정처 없이 걷자 눈물이 들어갔다. 계속 울면서 걷기엔 날씨가 너무 추웠다. 나는 우정을 보고 말했다.

"나 여기 길 잘 몰라. 그냥 아무렇게나 걷는 거야."

"응. 진작에 눈치챘어. 너 아까부터 계속 같은 골목만 빙글빙글 돌고 있거든. 뭐 어떠냐 걷는 게 좋은 거지. 근데 좀 춥고 출출하다. 편의점 갈래?"

우리는 테이블과 등받이 있는 의자를 비치한 편의점을 골라 음료수와 간식거리를 결제했다. 얼핏 봐도 우정의 과자 취향은 나와 정반대인 것 같았다. 참크래커라니, 저 밍밍한 걸 무슨 맛으로 먹지? 생각하는데 되려 우정은 내가 고른 우유 크림빵을 보며 너무 느끼하지 않느냐고 물었다. 각자의 간식을 한 입씩 나누고 우리는 동시에 말했다.

"역시……."

"역시… 완전 맛없어."

"뭐야, 맛없다니 너무하잖아! 그것도 '완전' 맛없다니!"

우정은 내가 뱉은 말이 웃겨 죽겠다는 듯 킬킬거렸다.

"어우 미안, 너무 솔직했나? 너도 크림빵 별로라는 거 아니야?"

"야, 난 그래도 뒷말은 생략했거든? 아, 너무 웃겨. 너 방금 표정 진짜 세상에서 제일 맛없는 걸 먹은 사람 같았어."

우정은 생각할수록 재미있다는 듯 뚱한 얼굴로 나의 "완전 맛없어"를 반복해서 흉내 냈다. 나를 흉내 내는 우정의 얼굴이 너무 우스꽝스러워서 나도 덩달아 웃음이 터졌다. 그런 나를 보고 이번엔 우정이 또 질세라 배를 부여잡고 끅끅거렸다.

"야, 너, 지금, 크림이, 입에 잔뜩, 그리고 웃지 마, 아 진짜 미쳐! 입에 거품 문 것 같아, 너무 웃겨!"

나는 핸드폰 액정에 비친 얼굴을 확인하며 같이 웃었다. 이번엔 에라 모르겠다 내질러 버린 박장대소였다.

겨우 정신을 차리고 과자를 마저 먹어 치운 우리는 아이들이 있는 곳으로 돌아가지 않기로 결심했다. 그보다는 한강이나 한번 가

보는 게 어떻겠냐는 우정의 의견이 있었고, 너무 춥지 않을까란 고민 끝에 추우면 또 편의점 들어가지 뭐, 로 결론을 내렸다.

"그럼 나는 한강에 가서 중요한 통화를 한 번만 할게. 친구한테 해 줄 말이 있어서."

"급한 일이면 여기서 하고 가. 기다려 줄게."

우정이 편의점 테이블을 정리하며 말했다. 나는 잠시 고민했다. 하지만 역시 여기보다는 한강이 나을 것 같았다. 한바탕 웃고 난 기운으로 한강이라는 풍경을 빌려 이온이에게 전화를 해야겠다고 생각했다. 그럼 어쩐지 전혀 어려울 것 같지 않았다.

"참, 그러고 보니까 우리 이름 되게 비슷하네? 나는 우정, 너는 아정이라니."

"그러네? 우아정이네?"

"뭐야, 유치하게 벌써 닉네임까지 만들었어?"

"어? 아니, 미안."

"뭐가 또 미안해. 좋아, 우아정 하자 우아정. 고급 한정식집 같고 좋네."

우정은 또 웃음보가 터졌다. 별것도 아닌 걸로 잘 운다더니, 별것도 아닌 걸로 잘 웃기도 하는 모양이었다.

*

"이야기 좀 할 수 있을까?"

다음 날 학교에 가니 교실 앞에 박온이 있었다. 흘끗 교실 안쪽을 훑으며 이온이를 찾자 박온은 내가 뭘 하는지 알겠다는 듯 말을 덧붙였다.

"이온이는 오늘 학교 안 나왔어. 선생님이 핑계 대 줘서 이틀 쉰대. 아무래도 너희 엄마랑 우리 아빠가 자꾸 이온이를 들먹여서 그렇게 하신 것 같아."

"맞다, 어제 이온이랑 통화해 놓고 깜빡했다."

"우리 아빠가 고소한다고 말한 거, 그거 걱정 안 해도 돼. 안 하실거야. 너희 엄마께 말씀 좀 잘 드려 줘."

그렇게 말하는 박온의 눈 밑이 어두웠다. 잠을 잘 못 잔 사람 같았다. 나는 갑자기 박온에게 말할 수 없이 미안해졌다. 어쨌든, 아무리 웬수 같은 사이라고 해도, 나의 오빠들이 저지른 짓이었다.

"저기, 정말 미안해. 오빠들이 그런 글 올릴 거라고 나는 상상도 못 했어. 믿을지 모르겠지만 절대로 내가 시킨 일 아니야."

"나도 알아. 네가 시킨 일 아닌 거."

"안다고?"

박온은 잠시 나를 물끄러미 바라봤다. 또 저 눈빛이구나, 이유도 없이 내가 늘 쪼그라드는 저 눈빛. 그런데 박온의 다음 말은 좀 의외였다.

"너 그런 애 아니잖아."

"응?"

"이온이도 그랬어. 너는 절대로 그럴 사람 아니라고. 내가 너한 테 한 말이 훨씬 더 나빴다고."

"……너도 그렇게 생각해?"

"응. 그동안 내가 너한테 보인 태도도 나빴어. 나도 알아. 사과 할게."

나는 내 귀에 들리는 말을 믿을 수 없었다. 동시에 박온과 마주 선 그 순간이 견딜 수 없이 어색해졌다. 박온도 그런 듯 시선이 애 매한 곳을 향했다.

"그럼 간다."

"박온!"

나는 박온이 뒤를 돌아보기 전에 재빨리 말을 내뱉었다. 눈을 마주치면 못할 것 같았다.

"자세한 상황은 모르지만 너도 고민 많은 것 같은데, 나도 그때 말이 심했어. 미안."

박온은 천천히 뒤를 돌아보다가 마음을 바꾼 듯 비스듬히 멈춰 선 그대로 잠시 가만히 서 있었다. 가슴이 미친 듯이 쿵쾅거렸다.

이대로 나를 무시하고 가 버리면 어쩌나, 괜한 말을 꺼냈나, 고작 몇 초 동안 오만 가지 생각이 스쳐 지나갔다. 하지만 박온은 충분히 알아들었다는 듯 천천히 고개를 끄덕였다. 너무 순순했다. 한순간에 긴장이 풀리면서 힘이 빠졌다. 박온에게서는 며칠 전 나를 향해 독설을 내뱉던, 잔뜩 날이 서 있던 모습과는 전혀 다른 무기력함이 느껴졌다. 전날 이온이와 통화하면서 얼핏 들은 이야기가 떠올랐다.

"아마 온이 아빠는 온이한테 제일 화가 많이 나셨을 거야. 너희 오빠들 고소한다고 날뛰는 것도 어디 화를 풀 데가 없어서 그런 것 같아. 물론 내 생각이지만."

이미 박온의 아빠가 이온이에게 먼저 연락해 이런저런 정황을 캐물은 것 같았다. 이온이는 자기는 아무것도 모른다는 말만 앵무새처럼 반복해서 아마 아저씨가 엄청 짜증 났을 거라며 희미하게 웃었다.

"내가 당연히 자기편을 들어줄 거라고 생각했나 봐. 나는 온이랑 아정이 편이지 자기편이 아닌데. 그렇게 잘난 어른이면서 그런 것도 모르는 게 웃기지? 우리끼리의 역사가 있는데 어딜 끼어들어."

이온이는 마냥 해맑은 것 같으면서도 이렇게 가끔 질투가 날 만큼 멋진 말을 했다. 웃는 얼굴 뒤에 숨은 나름의 고집과 철학이 결정적인 순간 튀어나오곤 했다.

"너 가만 보면 되게 똑똑한 거 알지? 고마워. 그리고 괜히 일 키워서 미안해."

"뭐래, 똑똑한데 갈 대학이 없냐? 너야말로 대학교 친구들 만나니까 어땠어? 막 설레고 그래? 아 부럽다, 조아정."

"그냥 뭐, 약속이니까 다녀왔지. 아, 한 명 좀 친해진 것 같긴 해."

"오, 진짜? 벌써 대학 베프 생긴 거야?"

나는 우정이와의 일화를 털어놓으려다 그만두기로 했다. 마음에 드는 친구가 생겼다고 하면 이온이는 분명 진심으로 기뻐해줄 텐데, 나는 이온이가 조금은 서운하게 생각해 주길 바라고 있었다. 그리고 그런 걸 바란다는 게 약간은 처량하게 느껴졌다. 대신 박온에 대해 묻기로 했다.

"혹시 말이야. 박온이 다 이야기했어? 내가 왜 화가 났었는지 들었어?"

"응, 대충. 쪼아 너 진짜 속상했겠더라. 박온 완전 미친놈이야. 말을 왜 그렇게 밉게 해."

"근데 뭐, 나도 예쁘게 하진 않았으니까. 그리고 보니 박온이랑 너도 화해한 거야?"

"화해라기보다는… 박온 걔가 지금 나한테까지 신경 쓸 여유가 없다는 말이 맞겠지."

이온이가 잔뜩 풀이 죽은 목소리로 대답했다. 박온과 소원해진 이온이를 위로해야 하는 날도 다 오는구나, 나는 새삼 우리 모두의 처지가 참 우습게 되었다는 생각이 들었다.

불과 얼마 전까지만 해도 내 인생 최고의 목표는 대학 진학이었는데, 그 결승점을 향해 달려가느라 이따금 이온이에게 드는 서운한 감정조차도 사치스럽게 느껴졌는데, 정작 나에게 모든 시간이 주어지고 나니 그 문제는 더 손에 잡히지 않는 난제 중에 난제가 되어 있었다.

박온도 나와 같은 마음인 걸까? A대와 D대를 포기하고 싶을 만큼 또 어떤 중차대한 고민이 있는 걸까? 이제서야 얼핏 그 마음이 잡힐 것도 같았다.

'아무리 그래도 그 두 대학을 포기하다니. 역시 배부른 투정이라고 밖에 생각이 안 되는 걸.'

하지만 여전히 완벽하게 이해할 수는 없었다. 그런 선택지를 양손에 쥐고도 다 던져 버릴 수 있을 정도의 마음을, 나는 평생 가야 모를 것이다. 그런 두서없는 생각을 하고 있는데 수화기 너머에서 이온이가 울먹거렸다.

"아정아, 나는 진짜 엉망진창이야. 원서를 써야 하는데 지금 성적으로는 쓰고 싶은 학교가 없어. 어쩌지?"

나는 그제야 조금 정신이 들었다. 그렇지, 이온이는 아직 대학이라는 산을 넘은 게 아니지. 내 생각만 하느라 잠시 잊고 있었던 사실이 떠올랐다. 정시 지원자들은 지금부터가 또 다른 시작일 텐데.

이온이는 삼 년 내내 자신이 너무 게으름을 피워서 지금 벌을 제대로 받고 있는 것 같다고 했다. 하지만 나는 알고 있다. 이온이는 절대로 게으른 학생이 아니었다. 다만 입시라는 제도 안에서 영리하지 못했다는 말이 더 맞을 것이다.

이온이는 학교 수업에 충실했고, 선생님을 존경하고 친구들을 진심으로 배려하며 십대의 마지막 삼 년을 꽉 채워 보냈다. 그룹 수행평가 때도 남들이 기피하는 성가신 역할을 마다하지 않았다. 하지만 좋아하는 과목과 그렇지 않은 과목의 성적 격차가 컸고 학생부종합전형을 노리기엔 교과 외 활동이 역부족이었다.

이온이는 성적에 남거나 학생부에 기록되는 것 따위는 전혀 고려하지 않은 자신만의 진짜 취향과 취미가 있는 아이였다. 스터디카페에서 타이머를 켜 놓고 기출문제를 풀고 있으면 이온이는 슬그머니 나타나 소설 책 한 권을 쉬지 않고 독파했다. 국어 지문에 짧게 나온 소설의 전문이 궁금하다며 충동적으로 도서관에서 빌린 책인 경우가 많았다. 문제를 모두 풀고 채점 전에 잠시 휴게실에 가면 이온이는 쫄래쫄래 쫓아 나와 입을 삐죽 내밀고 투덜거렸다.

"나는 너무 산만해서 탈이야, 너랑 박온은 어쩜 그렇게 집중을 잘해? 문제가 막 술술 풀려?"

나는 그럴 때마다 솔직하게 말했다.

"너야말로 그 집중력으로 시험공부를 하면 박온은 몰라도 내 성적은 금방 따라잡을걸? 그러니까 네가 해야 할 일을 해. 정신 좀 차리고."

"그래! 내일부터 나도 정신 차린다! 기출 빡세게 푼다! 나 결심했다. 말리지 마라!"

그렇게 말하고 이온이는 정말로 두 달 남짓 공부에만 열중했다. 이온이가 그 짧은 노력의 결과로 나와 비슷한 성적을 받았을 때, 솔직한 마음으로는 아차 싶었다. 하지만 이온이는 '오, 이렇게 하니까 정말 되는구나!' 순수하게 감탄하고는 확인했으니 되었다는 듯 또다시 다른 것들에 관심을 돌렸다.

박온은 그런 이온이를 그저 잠자코 지켜만 볼 뿐 아무런 격려도, 질타도 하지 않았다. 그렇게 모든 것이 자연스럽고 아쉬울 것 없다는 태도의 둘을 보며 나는 혼자 또 타오를 듯한 시샘에 사로잡힐 뿐, 그 누구에게도 티 낸 적은 없었다. 어쩌면 이러한 질투가, 내가 더 악착같이 입시에 열을 올릴 수 있었던 조금은 비뚤어진 원동력일지도 모른다. 하지만 동기가 무엇이든 나는 내가 받은 결과에 만족했다. 내 자신이 기특하고 자랑스러웠다. 어쩌면 내가 지금까지 살면서 얻은 것 중에 가장 값진 결과물일지도 몰랐다.

박온이 A대와 D대를 포기할지도 모른다는 이야기를 처음 들었을 때 나는 내 귀를 의심했다. 그런 고민도 할 수 있다는 사실이 도무지 자연스럽게 받아들여지지 않았다. 박온의 아버지 박호남 대표의 아낌없는 경제적 지원, 일타강사의 수업, 외부 입시 컨설팅, 거기에 학교 선생님들의 압도적인 관심과 지지를 모두 그러모아 기껏 빚어낸 보석을 똥통에 던져 버리려는 것처럼 보였다.

'설마 진심은 아니겠지. 제정신이 박혔으면 왜 포기해? 처음부터 지원하지 말든지. 지가 받은 관심에 보답을 해야 할 거 아니야. 정말 미친 거 아니야?'

곱씹을수록 불쾌했고 조금은 화가 났던 것 같다. 하지만 박온이 기말고사 때 보여준 흐트러진 모습과 내가 준 정답을 기꺼이 받아 적던 기억이 떠올라 마음이 누그러졌던 나는, 굳이 내지 않아도 되는 용기를 냈다. 강당에서 영화 상영이 있던 날, 가방을 메고 복도에 혼자 우두커니 서 있는 그 애를 보고 다가가서 물은 것이다.

"박온, 너 진짜로 합격한 거 다 포기할 건 아니지?"

"뭐?"

박온은 갑자기 한기가 돈다는 듯 패딩 지퍼를 올리기 시작했다.

나를 쳐다보고 있지 않아서 나는 더 말해도 된다는 신호로 착각하고 말았다.

"너무 아깝잖아. 지금까지 노력한 게 있는데. 일단 등록하고 생각해 보는 게 어때?"

"하아⋯⋯."

패딩 지퍼를 가슴 쪽까지 올리다 말고 무언가 걸린 듯 신경질적으로 지퍼를 이리저리 당기던 박온이 갑자기 동작을 멈추고 한숨을 쉬었다. 그러고는 나를 똑바로 쳐다보며 말했다.

"네가 무슨 상관이야."

본인은 의식조차 못하는 사이 수도 없이 나를 패배자로 만들던 그 눈빛이었다. 그 순간만큼은 그 눈빛에 지고 싶지 않았다. 내 입이 마치 별도의 의지라도 가진 것처럼 저절로 움직였다.

"네가 가진 기회, 간절히 원해도 못 갖는 애들이 더 많아. 너 그거 기만이야."

"하아⋯ 기만? 너 나랑 친해? 이온이랑 친하다고 나한테 그런 소리 할 만큼 가깝다고 생각하는 거야, 설마?"

얼굴이 달아오르는 게 느껴졌다. 반면에 박온은 안색 하나 변하지 않은 무표정한 얼굴 그대로였다. 어떻게 저런 소리를 하찮은 사람에게 하듯이 저렇게 자연스럽게 말할 수 있을까, 마음이 주저앉은 나는 구태여 묻지 않아도 될 걸 물었다.

"그러면 기말고사 때 내가 준 답은 왜 받아 적었어?"

박온의 미간에 미세하게 주름이 잡혔다. 사소한 기억 하나를 끄집어내는 듯한 표정이 되었다가 이내 감을 잡았다는 듯 헛웃음을 터뜨렸다.

"너 뭔가 대단히 착각하나 본데, 그건 네가 내 동의도 없이 가르쳐 준 거야. 너도 어차피 성적에 반영 안 되니까 가르쳐 준 거 아냐? 나한테 한 번이라도 우월감 느끼고 싶어서? 가서 신고해. 부정행위 했다고, 너랑 나랑 컨닝했다고 신고라도 해 보라고. 못 하지? 네 그 알량한 대학 붙은 거 어떻게 될까 봐 못 하잖아, 아니야?"

나는 옴짝달싹할 수 없었다. 팔다리도, 멋대로 나불거리던 입도, 얼굴도 그대로 얼어붙었다. 박온은 나지막하게, 하지만 다 들릴 만큼 또렷하게 읊조리며 자리를 떠났다.

"별 같잖은 게."

박온이 시야에서 사라지고 눈시울이 뜨거워졌다. 분하고 창피하고 화가 났다. 하지만 가장 슬펐던 건, 같잖다는 그 말에 반박할 수조차 없었던 내 마음이었다.

*

우정이가 올린 인스타그램 스토리에 내 계정이 태그되어 있었다. 못생긴 P여대의 마스코트 인형 두개가 한강 공원 벤치에 앉아 있는 사진이었는데 자세히 보니 #우아정 이라는 해시태그까지 붙어 있었다. 우정이의 개인 계정은 남자친구가 관리하는 커플 계정과는 달리 게시물이 중구난방이었지만 커플 계정과 한 가지 공통점이 있었다. 실물보다 열 배쯤 예쁘게 만들어 주는 필터를 쓴 사진이나 유행하는 릴스는 단 하나도 없다는 것이다. 일부러 거부한다기보다는 정말로 관심이 없는 것 같았다. 정형화되지 않은 모습 속에 엿보이는 고집과 취향이, 어쩐지 익숙하다는 생각이 들었다.

'그러고 보니, 이온이와 비슷하네.'

문득 우정이와 이온이가 만나면 나보다 더 친한 사이가 될 수도 있겠다는 생각이 들었다. 뭐랄까 중심이 비슷해 보였다. 겉으로만 야무지고 매사에 갈팡질팡하며 자존감이 낮은 나는 어째서 꼭 이런 친구들을 향해 안테나가 곤두서는 걸까. 그런 두서없는 생각을 하고 있는데 우정이에게서 디엠이 왔다.

—아정아! 서울 언제 또 안 와? 놀자, 놀자.

우정이와 나란히 한강 벤치에 앉아 편의점에서 나온 지 일 분 만에 차게 식어 버린 코코아를 홀짝였던 날이 오래전 일처럼 느껴졌다.

—가고 싶지. 그런데 거지임. 가면 하루종일 물만 마셔야 될 수도ㅋㅋ

분명히 읽은 것 같은데 우정은 답에 한참 뜸을 들였다.

'혹시 다른 애들이랑도 약속 잡고 있나? 나만 못 가는 거면 좀 속상한데. 용돈 좀 더 달라고 해도 절대 안 주겠지?'

어떻게 하면 서울 나들이를 성사시킬 수 있을지 고민하는 사이 우정에게 답장이 왔다.

—그럼 혹시 이번 주말에 광주 올 수 있어? 오기만 하면 너 돈 쓸 일 하나도 없게 해 줄게. 남친이랑 친구들 초대해서 크리스마스 파티 할 건데 너도 와라!

—너랑 남친 친구들 파티에 내가 끼면 좀 그렇지 않아?

—아니야ㅋㅋㅋ 그래 봤자 다섯 명도 안 돼. 늦게까지 놀고 자고 가도 되는데! 우리 집에서 자고 가도 되는지 엄마한테 한번 여쭤봐! 필요하면 우리 엄마랑 통화도 할 수 있게 말해 둘게.

나는 여태껏 단 한 번도 친구네 집에서 자정을 넘겨 본 적이 없었다. 그 흔한 스터디카페 밤샘 공부도 나에게는 허락되지 않았었다. 오빠들은 밤 외출도 제법 자유로웠고 지금은 자취도 하니까 거의 독립했다고 봐도 무방하지만 나는 그놈의 '여자애'라는 이유로 번번이 제지당하곤 했다. "어디 여자애가 잠을 아무데서나 잔다고 설쳐?" "어디 여자애가 위험한 줄도 모르고 밤 늦게 돌아다녀?" "어디 여자애가 옷을 그렇게 입어?" 줄곧 들어온 말이었다.

하지만 이제 곧 성인이고 대학에도 합격했으니 어쩌면 순순히 허락해 주지 않을까, 기대를 걸어 보고 싶었다. 제대로 입학 축하도 받지 못한 나를 위해 특별한 연말 이벤트 하나쯤은 선물해 주고 싶은 마음이랄까.

크리스마스 파티를 상상하니 기분이 좋아졌다. 크리스마스, 파티, 여행. 고3 내내 거리를 두던 축제 같은 단어들이 마음을 간지럽혔다. 어떤 옷을 입고 가면 좋을까? 너무 힘을 줘도 촌스러울 것 같은데, 잘 때 입을 것도 따로 챙겨야겠지? 파티에 초대를 받았는데 케이크라도 사 가야 하지 않을까? 허락을 받기도 전부터 나는 설레면서도 잔뜩 긴장이 되기 시작했다.

하지만 역시나 섣부른 기대는 하는 게 아니었다. 한가하게 크리스마스 파티 계획이나 세울 생각을 했다니, 내 자신이 우스웠다. 초저녁부터 나를 앞에 주저앉힌 엄마는 다짜고짜 통보를 해 왔다.

"아정이 너, 내일 박호남 대표 만나서 사과하고 와."

"그게 무슨 말이야? 고소 안 한다며."

"그러니까. 고소 안 하는 조건이 뭐겠어. 다시는 그런 유언비어를 퍼뜨리지 않겠다고 직접 얼굴 뵙고 반성문도 쓰고."

"왜 내가 사과를 해? 글은 오빠들이 썼다니까! 내가 안 썼다고!"

"오빠들이 그럴 시간이 어디 있어! 애초에 네가 일을 크게 만든 거지. 네가 하도 징징거리니까 너무 안 됐어서 오빠들이 대신 나서 준 거지. 아니면 괜히 왜 그랬겠어?"

"아 오빠들도 원래 박온 싫어했다고! 잘난 척한다고 싫어했다니까! 뭐가 날 위해서야, 그냥 내 얘기 듣고 좋은 핑계 하나 생긴 거지!"

엄마는 이미 내 얘기는 안중에도 없는 듯 뒤돌아 바삐 주방 일을 하기 시작했다. 더 이상의 언쟁을 피하고 싶을 때마다 요란스럽게 주방 도구를 만지며 딴청을 피우는 것이 엄마의 주특기였다. 나는 그 고집스러운 뒷모습이 언제나 원망스러웠다. 그 길로 집을 뛰쳐나왔다. 얇은 트레이닝복에 패딩 하나만 겨우 걸치고 나온 바람에 손에 든 것이라고는 핸드폰 하나가 전부였다. 이온이에게 전화를 할까 하다가 그만두었다.

'아무도 없어. 아무도 없다고. 어쩌면 이렇게 아무도 없을 수가 있지.'

빈약한 연락처를 뒤지고 또 뒤져도 마땅한 사람 한 명이 없었다. 그 순간 내가 왜 담임을 떠올렸는지는 모르겠다. 어른이 필요했는데 부모님을 제외하니 남는 사람이 담임뿐이었던 것 같다. 단한 번도 해 보지 않은 짓이었다. 정신을 차리고 종료 버튼을 누르려던 차에 담임의 목소리가 그런 나를 재빨리 낚아챘다.

"아정이니? 무슨 일 있어?"

선생님의 목소리가 너무 다급하고 또 다정해서, 나는 나도 모르게 소리 내어 엉엉 울어 버렸다. 수능 전에도 이렇게 운 적이 없었는데 내 눈물샘은 살면서 가장 기쁜 시간이 될 줄 알았던 대학 합격 후에 더 자주 터지고 있었다. 우정이 앞에서도 그렇고, 다짜고짜 담임에게 전화를 건 것도 그렇고, 스스로도 납득되지 않는 감정들이 고삐 풀린 듯 날뛰었다. 나는 그야말로 꺼이꺼이 울며 선생님에게 말했다.

"선생님, 저 너무 축하받고 싶어요. 그래서 너무 속상해요."

임정연 선생님은 그게 무슨 소리냐고 묻지 않았다. 다 이해한다는 듯 내 울음이 그칠 때까지 재촉 없이 기다려 줄 뿐이었다. 그래서 나는 그냥 나를 내버려두었다. 아무렇지도 않은 척하기를 그만두고 서러운 만큼 울어 버렸다. 속이 조금 시원해지려는데, 선생님이 물었다.

"아정아, 택시 타고 선생님 집에 올래? 택시비는 선생님이 줄게. 너희 집에서 별로 안 멀어."

"네? 지금이요?"

"응. 뭐 바쁜 거 없으면 같이 저녁이나 먹을까? 아직 저녁 전이지? 안 그래도 오늘 남편도 야근이고, 밥하기 귀찮아서 딸이랑 피자나 시켜 먹을까 했거든. 피자 좋아하니?"

"네… 아, 근데… 아니에요, 괜찮아요."

"아니야. 일단 와 봐. 선생님도 할 말이 있어서 그래. 주소 보낸

다. 기다릴게!"

선생님은 그대로 통화를 종료하고 문자로 주소를 보냈다. 오란다고 진짜 가는 게 맞나 싶어 고민하는데 그제야 내가 없어진 걸 눈치챘는지 엄마에게서 득달같이 전화가 왔다. 받고 싶지 않았다. 엄마와의 2라운드 대신 나는 지체 없이 택시를 불러 선생님네 집으로 향했다. 나중에 엄마가 다그친다고 해도, 내가 잘못한 건 없으니까. 나는 그저 선생님의 말을 들었을 뿐이다.

초인종을 누르자마자 기다렸다는 듯 현관문이 열렸다. 선생님의 외꺼풀 눈매를 그대로 빼다 박은 선생님의 딸이 문간을 지키고서 있던 모양이었다. 한달음에 문을 열어 주기는 했는데 막상 엄마의 제자라는 낯선 언니를 보니 쑥스러워진 듯 손가락으로 머리카락을 연신 꼬아댔다.

"주안아! 서 있지만 말고 언니 들어오라고 해!"

나는 실례를 무릅쓰고 주안이를 앞세워 집 안으로 들어갔다. 작지만 따뜻하고 포근한 분위기의 거실과 주방이 한눈에 들어왔다. 나보다 먼저 도착한 피자와 스파게티가 차려져 있는 식탁에서 선생님이 반갑게 손을 흔들었다. 음식 냄새를 맡으니 잊고 있던 허기가 몰려왔다.

셋에서 야무지게 피자 한 판과 스파게티를 끝내는 동안 선생님은 내가 울었던 사실조차 잊었다는 듯 그저 일상적인 대화만 이어 갔다. 주안이가 학교생활에 관한 이야기를 꺼내며 "언니는 어땠 어?" 라고 물으면 그에 대해 대답해 주는 식이었다.

"주안아. 아정이 언니는 혼자서도 얼마나 잘하는지 알아? 숙제 랑 공부도 다 알아서 한다? 넌 엄마가 숙제 다 챙겨 줘도 맨날 투 덜거리잖아. 아정이 언니는 귀찮은 것도 스스로 다 챙겨서 해. 멋 진 언니야."

나를 칭찬하는 와중에도 주안이의 숙제 문제를 끌어다 붙이는 선생님을 보며, 선생님도 어쩔 수 없는 엄마구나 싶어 웃음이 나 왔다. 주안이도 거기서 그 얘기가 왜 나오냐며 입을 삐쭉거리다 깜빡할 뻔했다는 듯 외쳤다.

"아 맞다! 언니 축하! 나 좋은 생각이 있어!"

주안이는 재빨리 자기 방으로 가더니 뭔가를 찾아서 등 뒤에 숨 기고 나왔다. 막상 행동으로 옮기려니 또 쑥스러워진 게 분명했 다. 귀여웠다. 웬수 같은 오빠 둘 대신 저런 여동생이 있었다면 내 인생이 지금과는 많이 달랐을 것 같은데.

"언니 대학교 붙은 거 축하해. 이거 진짜 케이크는 아니야. 먹 으면 안 돼."

주안이가 가지고 나온 것은 클레이로 만든 작은 케이크였다. 컬 러를 거침없이 쓰는 초등학교 저학년답게 화려하다 못해 요란한 외관이었다. 선생님이 그런 주안이의 장단에 맞춰 '생일'을 '합격'으로 개사해 노래를 불러 주었다.

합격 축하합니다. 합격 축하합니다. 사랑하는 아정이, 합격 축하합니다.

먹을 수도 없는 작고 알록달록한 클레이 케이크. 평생을 통틀어 내가 받은 가장 멋진 케이크였다.

집으로 향하는 길에 모르는 번호로 전화가 왔다. 박온이었다.

"저기, 늦었는데 미안해. 잠깐 통화 돼?"

교실 앞으로 찾아오더니 이제는 전화까지. 나는 얼떨떨한 마음으로 어색하게 괜찮다고 대답했다. 무슨 이야기를 하려는 걸까 궁금하긴 했지만 전처럼 긴장으로 몸에 힘이 들어가진 않았다. 그러고 보니 나는 박온을 대할 때마다 좀처럼 자연스러웠던 적이 없었다. 내가 어떻게 보일까, 어떤 말을 해야 그럴듯해 보일까, 항상 그 고민이 먼저였던 것 같다. 그런데 지금은 괜찮았다.

"우리 아빠한테 사과할 필요 없어. 반성문도 필요 없어. 혹시 그것 때문에 고민하고 있을까 봐 급하게 이온이한테 번호 물어봤어. 대신 너네 형들 번호 좀 알려 줄 수 있어?"

"형들? 우리 오빠들?"

"응. 좀 곤란해?"

"전혀. 원한다면 주민번호도 불러 줄 수 있어."

박온이 웃었다. 몇 시간 전까지만 해도 한없이 비참했는데, 어느새 기분이 말랑해졌다. 그야말로 롤러코스터 같은 저녁이었다. 박온에게 오빠들 연락처를 보내 주고 기지개를 쭉 켰다. 이대로 집으로 돌아가 엄마만 마주치지 않는다면 아주 편안하게 잠들 수 있을 것 같은데, 생각하며 버스정류장을 찾아 선생님이 일러 준 방향으로 걸어갔다. 곧바로 또 전화가 울렸다. 이번에는 이온이었다.

"너 뭐야, 박온이랑 차례대로?"

"온이랑 연락했구나? 내가 네 번호 알려 줬어. 괜찮지?"

"응. 삼 년 동안 걔랑 나랑 서로 번호도 몰랐다는 게 새삼 충격이긴 함."

"그러게. 하하."

하하? 이온이가 저렇게 어색하게 웃을 때는 따로 용건이 있을 때라는 걸, 하고 싶은 말이 있는데 머뭇거리는 중이라는 걸 나는 잘 알고 있었다.

"아정아, 나 미쳤나봐. 대학도 못 가게 생긴 처지에 이딴 생각이나 하는 걸 보면 난 진짜 제정신이 아니야."

"왜? 뭔데 그래."

이온이는 한동안 "응, 그게, 하하하" 거리며 어색한 소리를 내더니 울음을 그치듯 말을 뚝 멈췄다. 이온이는 낮지만 단호한 목소리로 마침내 그 말을 내뱉었다.

"나 아무래도 박온 좋아하는 것 같아."

이온이가 들려준 최초의 고백이었다.

12월,
박온의 문제

  엄마는 강한 사람이 아니다. 아빠는 강하다. 그래서 우리 집의 불행이 시작되었다고, 강하지도 약하지도 않은 나는 결론을 내렸다.

  이온이네 집에 처음으로 놀러 갔던 날을 기억한다. 제 아빠 등에 매미처럼 매달려 있던 이온이는 나를 보고 폴짝 뛰어내렸다. 그 후로 나와 놀다가 이따금 아빠에게 다가가 거침없이 부대끼고 돌아오는 이온이를 보며 나 역시 아빠에게 안기고 아빠의 무릎에 앉는 상상을 해 봤지만 영 어색하기만 했다.

  부부가 저녁 메뉴 같은 사소한 문제로 다정하게 의논할 수 있다는 것을, 집안일을 서로에게 미루며 친구처럼 다투고 화해할 수도 있다는 것을, 나는 이온이네 집에서 지내보기 전까지는 알지 못했다. 그저 드라마에서나 나오는 일인 줄만 알았지 정말로 그런 집이 있는 줄은 모르고 살았다. 아빠는 항상 나를 위해 이런저런 결정을 내리고 그 후에 따라붙는 사소한 관리는 신경 쓰지 않는 사람이었고, 엄마는 그 외의 모든 부수적인 것들을 아빠의 눈치를 보며 수행하는 사람이었다. 늘 그래 왔기 때문에 딱히 그런 모양새에 불만을 가질 새도 없었다.

초등학교 5학년 여름방학을 앞둔 어느 날, 아빠가 엄마 아닌 다른 여자와 집에서는 한 번도 본 적 없는 다정한 얼굴로 팔짱을 끼고 걸어가는 모습을 봤다. 새로운 수학 학원 레벨 테스트가 있어서 평소에 다니지 않던 길로 갔던 것이 화근이었다. 수학 학원을 옮기라는 지령을 내린 사람은 아빠였지만 레벨 테스트 날짜를 잡은 건 엄마였기 때문에 아빠는 그날 내가 그 동네에서 배회할 수도 있다는 생각은 추호도 하지 못했을 것이다.

외도를 목격한 충격보다 아빠를 길에서 마주치면 어떻게 대해야 하는지 잘 모르겠는 어색함이 먼저였던 나는 얼른 뒤를 돌아 학원 건물로 숨어야 했다. 그리고 한동안은 엄마에게도 비밀로 묻어 두었다.

이제 와서 솔직히 고백하자면, 사실은 조금 귀찮았던 것 같다. 늘 조용해서, 조용한 것 빼면 딱히 장점이랄 게 없는 집안이라서, 나는 굳이 집안에 소란을 일으키고 싶지 않았다. 하지만 아빠 옆에 찰싹 달라붙어 걸어가던 여자의 길게 늘어뜨린 갈색 머리카락

만큼은 머릿속에 잔상으로 오래도록 남았다. 당연하게도 나는 그날 레벨 테스트를 완전히 망치고 말았다.

이틀 후 학원으로부터 결과를 확인한 엄마는 크게 당황하지 않았다. 대수롭지 않다는 듯 다정한 목소리로 물었다. 엄마가 개키고 있던 수건에서 좋은 향기가 은은하게 퍼졌다.

"온이가 웬일이야? 원숭이도 나무에서 떨어질 때가 있네?"

"집중을 잘 못했어."

"응, 선생님도 그러시더라. 푼 건 다 맞았는데 아예 건드리지도 않은 문제들이 있어서 점수가 낮게 나왔다고."

"미안. 다시 볼까?"

"아니야, 미안하긴. 엄마는 사실 지금 다니는 학원도 괜찮은 것 같은데, 그냥 계속 거기로 다닐래? 아빠한테는 엄마가 말해 볼게. 레벨 테스트는 잘 나왔는데 학원 분위기가 생각보다 별로였다고 하지 뭐."

"응. 그래도 되면 그냥 원래 학원 다닐래."

엄마는 내 머리를 한번 가볍게 쓰다듬고 단정히 접은 수건들을 세 개씩 쌓기 시작했다. 귀밑으로 짧게 자른 단발이 엄마의 얼굴을 가리며 그늘을 드리웠다. 나는 그런 엄마를 한참 동안 쳐다보다가 물었다.

"엄마. 엄마도 머리 길러 보면 안 돼?"

"응? 그게 갑자기 무슨 소리야?"

"그냥, 엄마도 머리 기르면 예쁠 것 같아서."

"그래? 온이가 그렇게 말한다면 뭐, 한번 길러 볼까?"

엄마는 너무나도 쉽게 수긍했다. 짧고 단정한 단발이 엄마의 상
징과도 같은 건데, 다른 엄마들이 파마를 하고 염색을 하고 이렇
게 저렇게 꾸며도 엄마는 늘 귀밑에서 찰랑거리는 짧은 단발이었
는데, 내 한마디에 이렇게 금방 포기가 된다니. 나는 갑자기 짜증
이 버럭 났다.

"뭐야. 그런다고 갑자기 기르는 게 어디 있어. 그냥 기르지 마.
짧은 머리해, 엄마."

"우리 박온, 오늘따라 좀 이상하네? 학교에서 무슨 일 있었어?"

맥락 없는 나의 짜증에도 엄마는 조금도 얼굴을 찌푸리지 않았
다. 늘 미간에 주름을 잔뜩 만들고 집안을 팽팽한 긴장감으로 채
우는 아빠가 없는 시간에 엄마와 나는 웬만해선 서로에게 언성을
높이지 않았다. 나는 엄마와의 그런 평화를 사랑했다.

그랬는데, 아무것도 모르고 바보같이 머리를 길러 보겠다고 이
야기하는 엄마에게 나도 모르게 볼멘소리가 터져 나왔다.

그즈음 나는 이유 없는 신경질을 자주 부렸다. 엄마에게는 물
론이고 아빠에게도 전처럼 고분고분한 태도를 보이지 못해 아슬
아슬한 순간이 많아졌다. 그러다 아빠가 수학 학원 레벨 테스트의

진위를 알게 된 날, 도대체 애 관리를 어떻게 하는 거냐고 엄마를 격하게 몰아붙이던 순간, 나는 결국 진실을 토해 버리고 말았다.

"엄마한테 뭐라고 하지 마세요. 다 아빠 때문이니까!"

"뭐라고?"

"그날 아빠가 다른 아줌마랑 걸어가는 거 봤어요. 팔짱 끼고 가는 거 다 봤다구요!"

아빠는 누가 망치로 세게 때리기라도 한 것처럼 바보같은 얼굴로 입을 벌리고 굳어 버렸다. 그 순간 더 빠르게 움직인 사람은 다름 아닌 엄마였다.

"온이는 방에 들어가. 이 얘기는 엄마랑 아빠가 알아서 할 테니까 어서 들어가."

엄마답지 않게 화를 꾹 누르는 목소리였다. 외려 아빠가 아닌 나에게 화가 난 것 같은 태도에 나는 덜컥 겁이 났다. 엄마한테 말하지 않아서 실망한 걸까. 역시 비밀로 하는 게 아니었는데, 나는 눈물을 꾸역꾸역 삼키며 방으로 들어갔다. 한 시간쯤 지났을까, 아빠가 나갔는지 현관문이 쾅 닫히는 소리가 났고 엄마가 조용히 방으로 들어왔다.

"온아, 엄마한테 일단 아무것도 묻지 말고 며칠만 시간을 줄래? 엄마가 나중에 다 설명해 줄게, 알았지?"

"응. 엄마 미안해."

"아니야. 엄마랑 아빠가 미안하지."

하지만 며칠은 몇 달이 되었고, 아무 일도 없었던 것처럼 일상은 지속되었다. 나는 어리둥절했다. 무슨 일이 벌어져야만 할 것 같은데 아무 일도 일어나지 않는다는 게 나를 더 불안하게 만들었다.

그렇게 살얼음 같은 나날을 보내던 중 친할머니와 친할아버지가 말도 없이 집으로 찾아왔다. "나가려거든 이 집에서 실오라기 하나 걸치지 말고 혼자 나가"라며 엄마에게 고래고래 소리를 지르는 할머니 뒤로, 할아버지가 아빠를 못마땅하게 노려봤다. 아빠는 마치 아빠에게 혼날 때의 나처럼 축 처진 어깨로 고개를 숙이고 딴청을 부렸다. 이상한 광경이라고 생각했는데 더 이상했던 건 거기 모인 사람들 중 유일하게 아무 잘못이 없던 엄마만 혼자서 고개를 푹 숙이고 울고 있었다는 것이다.

정신을 차렸을 때 나는 할머니에게 바락바락 대들고 있었다. 나도 바람이 뭔지 정도는 안다고, 내가 다 봤다고, 그 여자도 봤다고, 그러니까 엄마에게 뭐라고 하지 말라고. 정확히 기억은 나지 않지만 초등학교 5학년인 내가 알고 있던 온갖 험한 말을 갖다 붙이며 소리를 질렀다.

할머니와 할아버지의 얼굴이 허옇게 질렸다. 곧 눈앞이 번쩍했고 무슨 영문인지 나는 거실 바닥에 고꾸라져 있었다. 놀란 엄마는 내 얼굴을 두 팔로 감싸 안았다. 나는 그때 처음으로 사람에게서 뿜어져 나오는 살기가 어떤 것인지 알게 되었다. 나를 끌어안은 품 안의 뜨거운 애정과 나에게 폭력을 쓴 아빠를 향한 차가운 분노가 엄마 안에서 팽팽하게 맞서며 앞으로 다가올 폭풍을 예고하고 있었다.

그날 밤 엄마는 단출하게 짐을 꾸려 나를 데리고 그 집에서 나왔다. 작은 트렁크 안에는 오직 내 짐뿐이었다. 그러니까 엄마는 할머니의 말대로 그 집에 있던 자신의 물건은 실오라기 하나 가지고 나오지 않은 것이다.

엄마가 왜 하필 이온이네 집으로 갔는지, 그 당시 나로서는 선뜻 이해하기 어려웠다. 아무리 어릴 때부터 친했고 명절이면 외가댁에 가는 대신 하루 이틀 같이 보내기도 하는 사이라지만 그렇다고 우리가 정말 가족은 아니었다. 가족도 아닌 사이에 이런 꼴을 보여야 한다는 게, 하필 이온이에게 그래야 한다는 게, 꼴에 자존심이 상했던 것도 같다.

하지만 그렇게 뛰쳐나온 겨울방학 내내 이온이네 얹혀 살면서 나는 엄마가 왜 그런 결정을 내렸는지 알 수 있었다. 엄마는 엉엉 울고, 때로는 화도 내고, 심지어는 영진 이모와 싸우기도 했다. 힘을 내기도 했다가 온 힘을 빼고 드러눕기도 했다. 나 역시 난생처음 겨울방학 특강과 선행을 모두 멈추고 그저 빈둥거리며 시간을 보냈다. 그리고 그 시간을 이온이와 공유했다.

"너, 네 이름이 왜 온이 됐는지 알아?"

하루는 놀이터에서 흙을 파다 말고 이온이가 물었다. 유치원 때 이후로 흙을 만지며 놀아 본 적이 없었는데 이온이와는 자주, 아무 이유 없이 흙바닥에 주저앉아 땅을 뒤집게 되었다. 그러다 보면 이야기는 저절로 이어졌다.

"내 이름? 몰라. 그냥 할머니가 어디서 지어 왔다고만 들었어."

"내 이름이 이온이잖아. 그런데 너네 할머니가 받아 온 글자 중에 '온'이 있었대. 너네 엄마가 그 글자를 보는 순간 이거다 싶었대. 이모 원래 되게 순하시잖아. 그런데 그때는 막 고집을 부리셨대. '온'만 써서 외자로 하고 싶다고. 그래서 네가 박온이 된 거다 이거야."

"웃기시네. 왜 내 이름이 네 이름에 따라 결정되냐? 우리가 남매도 아닌데."

이온이가 은근히 거들먹거리면서 이야기를 하는 통에 나는 괜히 심술이 났다. 하지만 이온이는 아랑곳하지 않고 한껏 들떠서 나에게 말했다.

"내 이름이 따뜻함을 전한다는 뜻이고, 네 이름이 '편안할 온' 이잖아."

그러면서 이온이는 제 손에 꼭 쥐고 있던 흙 한줌을 내 손 위에 올려 주었다. 온기가 느껴졌다. 같은 흙인데도 이온이의 손에서 옮겨 온 흙은 더 부드러웠다.

"너는 나랑 지내면 편안해진다는 의미다 이거야. 내가 따뜻함을 전하는 사람이라서. 엄마들끼리 나중에 애기 낳으면 가족처럼 키우자고 약속했대. 그런데 이거 봐. 너 정말 가족처럼 우리 집에 있잖아. 뭐, 방학 동안만이긴 하지만."

건네받은 흙을 쥐었다 폈다 하릴없이 만지작거리고 있는데 어느새 이온이가 내 옆으로 얼굴을 휙 들이밀었다. 그러고는 내 눈가를 살피며 천천히 물었다.

"요즘 너 마음 편안해? 그러니까, 음… 조금은 따뜻해? 그랬으면 좋겠는데."

나는 쥐고 있던 흙을 휙 내팽개치고 자리에서 일어섰다. 그렇게 하는 것 말고는 확 달아오른 얼굴을 숨길 길이 없었다.

"몰라."

퉁명스럽게 말하고 성큼성큼 걷는 내 뒤에서 이온이가 외치던 말이 아직도 귓가에 선명하다.

"야 박온! 너 바보냐? 그쪽 아니거든! 너 공부 잘하는 거 맞아? 맨날 길도 못 찾으면서!"

뒤를 돌아볼까 말까 고민하는 사이, 이온이는 이미 내 눈앞에 서 있었다. 헤벌쭉 웃으면서. 네가 가 봤자 어딜 가겠냐고 따뜻한 눈이 말하고 있다. 그 눈을 본다. 정말로, 따뜻함이 옮겨붙고 나는 조금 편안해진다.

*

고등학교에서의 마지막 기말고사를 보던 날, 나는 반쯤 제정신이 아니었다. 전날 밤 자해의 흔적을 두 눈으로 확인한 엄마는 예상대로 대성통곡이었고, 나는 그것이 '자해'라는 사실을 끝끝내 받아들여야만 했다. 서울에서 한달음에 달려온 아빠는 '자해'라는 두 음절의 단어를 듣자마자 세상에서 가장 불쾌하고 불결한 것을 마주한 사람처럼 얼굴을 잔뜩 찌푸렸다.

지겨운 줄다리기 끝에 마침내 이혼을 결정했을 때, 아빠는 나에게 엄마와 사는 걸 허락하는 대신 자신이 설계한 미래를 착실히 따를 것을 요구했었다. 그 결과가 내 몸에 흉터로 남은 것을 보며 아빠는 중얼거렸다.

"약한 새끼. 지 엄마 닮아서 약해 빠진 새끼."

그렇게 우는 엄마와 못마땅해 죽겠다는 아빠 사이에서 밤을 새운 상태로 학교에 갔다. 지금 이 기말고사가 나에게 무슨 의미가 있을까, 다 때려치우고 집에 가고 싶었지만 집으로 돌아가도 엄마의 우는 얼굴을 마주해야 한다는 생각에 바로 포기했다. 교실을 이동해서 시험을 치른다는 담임의 말에 그저 기계적으로 가방을 싸서 움직였다.

그런데 그곳에 이온이가 있었다. 우리가 약속했던 백발을 하나로 높이 묶은 채로.

잠시 내 세상이 제자리를 찾은 듯했다.

수능이 끝나면 꼭 같이 백발을 하자는 약속을 하기 전에 이온이와 작은 다툼이 있었다. 그렇게 좋아하던 버블티를 마시는 둥 마는 둥 하던 이온이가 물었다.

"빠온, 너는 아정이가 진짜 싫어?"

"갑자기 또 무슨 말이야?"

"그냥. 나는 아정이랑 친한데 너도 좀 친하면 좋잖아."

"어색한 것뿐이야. 특별히 친해져야 하는 이유도 모르겠고. 그리고 내가 말했잖아. 나는 걔 오빠들……."

"알아. 아정이 오빠들이 우리 학년 여자애들 얼평하고 이상한 사진 만든 거. 그 사진에 나도 있었던 거. 그래서 너 화난 거. 그래도 그게 아정이 잘못은 아니잖아."

"몰라. 그냥 불편해. 그것도 잘못은 아니잖아."

얘가 또 왜 이러나 싶어서 볼멘소리로 대답했는데 평소 같았으면 입을 삐쭉 내밀고 투덜거렸을 이온이가 그날은 어쩐지 고개를

숙이고 발끝만 보며 걷고 있었다. 안 그래도 느린 걸음은 보폭이
더 좁아져서 이러다가는 도서관까지 하루종일 걸릴 것 같았다. 잠
시 후 기어들어 가는 목소리로 이온이가 고백했다.

"미안해 온아. 나 얼마 전에 아정이한테 너네 부모님 이혼하신
거 말해 버렸어. 진짜 미안해."

"조아정한테? 굳이 그런 얘기는 왜 했어?"

우리 부모님의 이혼은 극소수의 사람들만 아는 사실이었다. 세
간에서는 아버지가 자신의 확고한 교육철학에 따라 아들을 조용
한 지방 소도시로 보내 자기주도학습을 시킨다며 진정한 교육자
라고 떠받들었지만, 실상은 파탄난 가정이 택할 수 있는 차선책을
선택했을 뿐이었다. 특별히 쉬쉬하는 건 아니었지만 그렇다고 떠
벌리고 싶은 이야기는 아니었다.

"그게… 아정이가 자꾸 너는 고민도 없고 편한 인생이라고 하
길래… 오해를 좀 풀어 주고 싶었어. 너도 힘든 일 많고 고민도 많
다고… 그러다 보니 그 얘기까지 나왔어. 미안. 기분 나쁘지?"

"흠, 뭐, 대단한 비밀도 아니니까. 그런데 걔가 여기저기 퍼트
리면 그건 좀 곤란해."

그러자 이온이는 다급히 고개를 저으며 손까지 휘휘 내두르고
말했다.

"아니야. 아정이 진짜 그런 애 아니야."

나도 조아정이 아주 얄팍하거나 입이 가벼운 애가 아니라는 것 정도는 알고 있었다. 게다가 이온이의 가장 친한 친구이기도 하니 그 정도 정보를 흘리는 게 이상한 일은 아니었다. 나는 알겠다고 고개를 끄덕였다. 이온이는 이런 내 반응을 가만히 살피다가 나지막하게 중얼거렸다.

"둘이 조금만 오해를 풀면 좋을 텐데. 하여튼 둘 다 너무 세."

"세다고? 내가?"

"응. 너도 그렇고 아정이도 그렇고, 마음을 한번 정하면 뭐가 그렇게 얄짤도 없어?"

투덜거리는 이온이를 보면서 센 것과 강한 것에 대해 생각해 봤다. 이온이가 말하는 '세다'는 게 꼭 강한 것과 연결되는 것은 아니라고, 이온이에게 말해 주고 싶었다. 조아정과 나는 겉 보기엔 세지만 마음은 강하지 못한 사람들이었다. 그런 나약함을 서로 알아보았기 때문에 어쩌면 더 친해지기 어려운 것인지도 모른다고 말하면, 이온이는 이해할 수 있을까.

"나 하나도 안 세. 그냥 센 척하는 거야. 아직 외강내강이 되려면 멀었어. 나는 외유내강 같은 건 관심 없고, 외강내강이 될 거거든. 어디로 봐도 강한 사람 말이야. 너같이 어린 중생이 깊은 뜻을 알까 모르겠지만."

나의 궤변에 이온이는 과장되게 아니꼽다는 표정을 지어 보였다.

"아오 짜증나. 공부 잘하는 애들이랑은 이래서 놀기 싫어. 나 먼저 간다. 안팎으로 강해지든 말든 네 맘대로 해라."

앞서서 성큼성큼 걷던 이온이가 문득 멈춰섰다. 그러더니 당장 꼭 물어보고 싶은 질문이 있을 때 나오는 특유의 골똘한 표정으로 나를 바라봤다.

"온. 너는 수능 끝나면 뭐가 제일 하고 싶어? 강해지는 거 말고. 그러고 보면 넌 별로 하고 싶은 게 없는 애 같아."

"나? 별로 그런 거 없는데."

"또또 별로. 그러지 말고, 아주 사소한 거라도 괜찮아. 난 쌍커풀 수술이 하고 싶어. 너도 뭐라도 있을 거 아니야. 게임을 실컷 하고 싶다거나, 여행을 가고 싶다거나."

왜 그때 뜬금없이 백발이 생각났는지는 모르겠다. 흰 머리 한 올도 용납하지 않고 자기 자신뿐 아니라 엄마에게까지 새치 염색을 강요하던 아빠에 대한 반발심이었는지, 폭삭 늙어 버린 것 같은 마음을 상징적으로 표출해 보고 싶었던 건지, 그도 아니면 그냥 그런 류의 반항이 해 보고 싶었던 건지, 알 수 없는 이유로 나는 백발을 떠올렸다.

"나 백발이 돼 보고 싶어. 머리 색 싹 다 빼고 완전히 하얗게."

전혀 예상하지 못했던 답인지 이온이는 깜짝 놀란 눈이 되어 다시 물었다.

"오, 은발? 막 아이돌처럼?"

"아니야. 그런 멋진 은발 느낌 아니야. 그냥 백발. 백발로 할래."

이온이는 이번에는 아주 가늘게 뜬 눈으로 나를 위아래로 훑었다.

"음. 그래, 나름대로 잘 어울릴 수도 있겠다."

그러고는 결심이 섰다는 듯 선언했다.

"수능 끝나면 둘이 같이 백발이 되어 버리자. 엄마랑 이모 완전 까무러치겠지? 생각만 해도 신난다."

그 약속 이후로 시간은 일 년이 넘게 흘렀고, 이후로는 다시 꺼낸 적 없는 이야기였다. 그런데 기말고사 날 아침 마주한 이온이의 머리가 하얗게 바뀌어 있었다. 나와의 약속을 혼자서라도 지키고 싶었는지, 아니면 그저 파격적인 염색이 하고 싶었던 건지는 잘 모르겠지만 어쨌든 나는 눈앞에 드러난 광경에 놀랄 수밖에 없었다. 무기력하고 답답한 날들이 이어지며 완전히 잊고 있던 평범한 일상이 잠시 다시 돌아온 것만 같았다. 그런 들뜬 기분에 휩쓸려 이온이에게 불같이 화를 내놓고 아직 제대로 된 사과도 하지 않았다는 사실을 깜빡했다.

"정말로 해 버렸네, 백발."

더 멋진 말도 많았을 텐데 어쩌라는 건지 나는 고작 그런 말을 해 버렸다.

"은색이야. 시험 잘 봐."

이온이의 태도는 냉랭했다. 충분히 그럴 만했다. 내가 화가 난 사람은 이온이가 아니라 나 자신인데, 바보같이 나는 또 엉뚱한 곳으로 불씨를 떨구었던 것이다. 그래 놓고 시간이 이렇게 지나도록 방치했다. 내 손으로 정리할 수 없는 문제들이 자꾸만 가지를 뻗쳐 나가는 것처럼 느껴졌다. 시험을 앞두고는 정답을 찾아가는 일이 그렇게 어렵지 않았는데, 답안지를 벗어난 일상의 문제들은 나를 더 당황스럽게 만들기만 했다.

나는 문득 두려워졌다. 이대로 이온이가 나에게 실망하고, 이대로 우리가 멀어진 채로 고등학교를 졸업하면 어떻게 되는 거지? 아빠는 당장이라도 날 서울로 끌고 갈 태세인데. 정말로 그렇게 돼 버리면, 우리는, 아니 나는 어쩌면 좋지? 잠시 제자리를 찾은 것 같았던 마음이 다시 불안하게 진동했다.

그런 마음으로 기말고사를 보기 시작했다. 선생님들이 떠먹여 주기로 작정이라도 한 것처럼 시험은 허탈할 만큼 쉬웠다. 너무 쉬워서 나는 자꾸 다른 생각에 빠져들었다. 뇌에 입력된 데이터가 기계적으로 답을 추출해 내는데도 내 손과 눈은 싱크를 맞추지 못했다. 사실 망쳐도 그만인 시험이었다. 대충 떠오르는 답을 휘갈기다 수학 시험 마지막 문제에 다다랐을 때, 느닷없이 아빠의 목소리가 들렸다.

"나약한 새끼. 패배자 새끼."

두 눈을 부라려 문제를 쳐다봤다. 눈앞에 있는 문제에 집중하면 귓가에 울리는 그 목소리를 떨칠 수 있을까 싶어서.

얼마나 그러고 있었을까, 검지손가락 하나가 나타나 시험지 위에 숫자를 썼다. 어느새 종료 시간이 되었는지 가장 뒷자리에 앉았던 조아정이 답안지를 걷으며 본인의 답안지를 내 쪽으로 향하도록 노골적으로 각도를 꺾었다. 입모양으로도 계속해서 같은 숫자를 말하고 있었다.

조아정이 내 뒤에 앉아서 시험을 봤다는 사실조차 알아차리지 못했던 나는 얼떨결에 그 답을 받아 적었다. 무슨 의식을 거친 행동이라기보다 그냥 본능적으로 움직인 결과였다. 뒤늦게 주변을 둘러봤지만 마지막 기말고사 따위에 대단히 신경을 곤두세우고 있는 사람은 아무도 없었다. 교실의 분위기는 느슨하고 어수선했다. 서로 대놓고 답을 베낀다 해도 가벼운 경고 정도로 끝날 것 같은 허술한 분위기였다.

"박온. 시험 보느라 수고했어!"

어딘가 들떠 보이는 조아정이 가방을 챙기며 내게 말을 걸었다. 평소와는 다르게 모든 행동이 가뿐해 보였다.

"어. 고마워. 너도."

"참. 이온이 은발로 염색했는데 봤어? 완전 잘 어울리지?"

"아… 제대로 보진 못했어."

나는 대충 얼버무리고 조아정이 질문을 이어가기 전에 교실을 벗어났다. 이온이가 도착하기 전에 마주치지 않을 만한 동선으로 우리 반으로 돌아가기 위해서였다. 이온이의 백발은 기가 막히게 잘 어울렸고, 그 마음을 표현해 주고 싶은 욕심은 굴뚝같았지만 엉망진창인 지금의 표정을 들키기는 싫었다.

교실로 돌아가자마자 웬일로 반장이 말을 걸었다. 뜬금없는 인물의 뜬금없는 질문이었다.

"야, 박온. 혹시 오는 길에 김이온 마주쳤냐?"

"아니, 못 봤는데. 왜?"

반장은 묘하게 안도하는 표정이 되었다.

"아냐, 그냥. 걔 머리 장난 아니더라. 완전 하얗던데?"

나는 구태여 대꾸하지 않고 내 자리로 가서 털썩 주저앉았다. 염색을 한 사람은 이온인데 어쩐지 내 머리가 하얗게 세 버릴 것만 같은, 지친 기분이었다.

*

"왜 자꾸 긁어. 뭐 알레르기라도 올라 왔어?"

이온이가 처음으로 내게 물었던 날, 나는 내가 팔을 그렇게 벅벅 긁고 있는지조차 몰랐다. 팔이며 허벅지며 집어 뜯다시피 긁게 되는 날들이 점점 늘어나고 있었다. 확실히 알레르기는 아니었다.

"아니야. 그냥 좀 가려워서."

처음엔 대수롭지 않게 넘기던 이온이의 시선이 언제부터인가 매섭게 나를 쫓기 시작했다. 눈치는 채고 있었지만 마음이 불안할 때마다 나오는 습관을 멈추기란 쉽지 않았다.

학생부교과전형에 지원한 이후 모두가 나의 대학 합격을 점치고 있었다. 나 역시도 합격만이 살 길이라 생각했지만 그러면서도 마음 한구석은 커다란 추가 내려앉은 것처럼 기우뚱 기울었다. 어지러운 마음이었는데 정확히 어떤 감정인지 이름을 붙일 수가 없었다. 그래서 팔뚝을 더 세게 긁었다. 팔이 아프면 어지러운 마음이 잠시나마 잊혔다.

선홍빛으로 물든 셔츠의 소매를 보고 이온이의 눈에 눈물이 차올랐던 날로부터 며칠 후, 이번에는 엄마가 더 그렁그렁한 눈으로 내 방문을 두드렸다. 눈은 힘없는 슬픔으로 가득했지만 제법 단호한 동작은 내 소매를 걷어 팔등을 확인했다. 날이 추워지면서부터 좀처럼 내 맨살을 볼 일이 없었던 엄마는 헉, 하고 두 손으로 입을 틀어막았다.

"온아. 팔이 왜 그래?"

나는 다급히 팔등 위로 옷을 덮으며 대답 대신 다른 질문을 던졌다.

"갑자기 왜 이래? 김이온한테 무슨 말 들었어?"

질문에 답이 전혀 되지 않는 나의 강경한 태도는 엄마를 더 불안하게 했다. 처음보다 더 떨리는 목소리로 이온이와는 전혀 상관이 없다며, 팔을 자꾸 긁는 이유가 뭔지 솔직하게 말해 달라고 했다. 하지만 엄마에게 들려 줄 진실 같은 건 없었다. 나조차도 모르는 이유로 내 팔은 만신창이가 되어 가고 있었으니까.

나는 가까스로 평정을 되찾고 조근조근 엄마를 달랬다. 수능이 다가오니까 불안해서 그런 것 같다, 한번 긁었는데 건조해서 피부가 일어나니까 진짜로 더 가려웠다, 연고도 바르고 보습 크림도 잘 바르면 금방 나으니까 걱정하지 말아 달라.

그리고 마지막으로 목소리에 힘을 주어 말했다.

"엄마. 수능만 끝나면 다 괜찮아질 거야."

동시에 마음속으로 간절히 빌었다. 이 말이 거짓말이 되지 않기를.

다음 날 이온이의 무고한 얼굴을 보자마자 나는 걷잡을 수 없이 감정적이 되고 말았다. 나를 걱정하는 이온이의 마음이 엄마의 나약한 마음으로 옮겨붙어 그렇지 않아도 혼란스러운 나를 더 힘들게 한다는 생각에 갑자기 화가 났다.

네가 무슨 자격으로 엄마한테 그런 말을 하냐고. 우리 엄마 충격으로 그러다 또 쓰러지기라도 하면 어쩔 거냐고. 나는 이온이를 안 이후로 가장 크게 화를 냈다. 얼굴이 일그러지고 목소리는 듣기 싫게 쿵쿵 울렸다. 내가 내 얼굴을 보지 못하는 게 천만다행이었다. 내가 나를 봤다면, 그랬다면 아마도 내 자신이 더 싫어졌을 것이다.

"미안해 온아. 나는 그냥 너무 걱정이 되어서……."

이온이가 울먹였다. 이온이가 우는 건 어렸을 때부터 자주 봤다. 이온이는 원래 잘 웃고 잘 우는 애였다. 하지만 이토록 슬프고 아프게 우는 얼굴은 처음이었다. 내가 그 얼굴을 만들었다. 나는 말문이 막혀 씩씩거리다가 냅다 도망쳐 버렸다.

나는 이온이와 엄마가 던진 질문으로부터 도망쳐, 수능까지 오로지 시험을 위한 컨디션을 만드는 데만 집중했다. 눈에 띄는 팔 대신 허벅지를 긁어 가며 지금까지 애써 온 모든 노력을 망치지 않기 위해 전력을 다했다.

그리고 수능을 무사히 치렀다.

수능이 끝나고 12월이 오기까지 나는 거의 죽은 사람처럼 지냈다. 아무 생각도 하지 않기 위해 모든 감정을 차단했다. 하지만 내 안에서 무언가가 폭발하기 직전이라는 것을 어렴풋이나마 감지하고 있었다. 그게 어떤 식으로 어떻게 불이 붙을지 나조차도 알 수 없었지만 한 가지는 분명했다. 내가 누리는 평화는 가짜였다.

"수능 어땠니?"

"그냥 뭐. 보던 대로 봤어요."

"그래. 수고했다. 이제 결과만 기다리면 되겠구나."

아빠는 이미 담임에게서 가채점 점수를 들었을 것이다. 하지만 늘 그렇듯 한 발짝 물러나 있는 척했다. 언제나 뒤에서 조용히, 자신의 입맛대로 조종하는 사람, 나의 아빠는 그런 사람이었다.

가채점 결과, 평소 모의고사와 크게 다르지 않은 등급을 받을 것이 거의 확실시되었다. 적어도 최저 등급 때문에 불합격할 일은 없겠다며 담임은 호탕하게 웃었다. 나는 그 웃음이 마음에 들지 않았다. 진정으로 내 노력을 축하하는 웃음이 아닌 자신의 성과를 축하하는 웃음이었다.

"학교 플래카드에 온이 이름 딱 박히겠네."

서울 학군지에 비하면 우리 학교의 명문대 진학률은 터무니없이 낮았다. 남녀공학으로 바꾼 것도 남자애들에 비해 여자애들의 입시 결과가 좋아서라는 소문이 있었다. 학년 부장을 겸하고 있는 담임은 3학년 내내 노골적으로 나를 편애했다. 담임은 내가 인재라서 그렇다고 침을 튀며 강조했지만, 사실은 아빠의 존재감 때문이라는 사실을 알 만한 사람은 다 알고 있을 것이다. 지방 소도시에서는 좀처럼 쌓기 어려운 인맥과 혜택을 아빠는 아슬아슬 줄타기를 하며 학교 측으로 잘도 연결시켰다.

"야 박온. 너네 아빠 되게 유명하다며?"

아이들은 심심하면 한 번씩 물었다. 아마도 그 애들의 엄마나 아빠가 전해 준 정보일 터였다.

"아 좋겠다. 아빠가 유명한 교육 전문가면 너도 대학 가는 데 완전 유리한 거 아니야? 나도 그런 빽 좀 있었으면."

누군가 그렇게 한탄할 때 옆에 이온이가 있으면 이온이가 나 대신 나서곤 했다.

"모르는 소리 하지 마. 박온은 자기 아빠 덕 보는 거 거의 없어. 얘가 공부를 얼마나 열심히 하는 지 너 몰라서 물어? 얘가 아빠 빽 믿었으면 서울에 있지 왜 이런 애매한 지방에 사냐?"

아이들은 대개 '애매한 지방'이라는 대목에서 묘하게 설득되는 표정이 되어 수군거렸다.

"그러게. 굳이 여기 와서 사는 이유가 뭐래."

학군지의 혜택을 누릴 거면 서울로, 지역균형전형을 노릴 거면 차라리 완전히 외진 곳으로 가는 게 일반적인 방식이었다. 현성고 등학교는 이도 저도 아닌 그야말로 회색지대였다.

"엄마가 어릴 때 이 동네에서 살았어."

이온이가 없을 때는 엄마가 나의 변명이 되어 주었다. 완전히 틀린 말은 아니었지만 그렇다고 정확한 표현도 아니었다. 엄마가 어릴 때 이곳에 살았다는 사실은 전혀 중요하지 않았다. 외조부모님은 이미 모두 돌아가셨고 친하게 지내는 사촌지간도 없는 허울 뿐인 고향이었다. 엄마가 이혼 후에 이곳에 정착한 이유는 오직 단 하나, 이온이의 엄마, 영진 이모였다.

엄마가 나를 데리고 여기로 오겠다고 말했을 때 아빠는 강력한 거부 의사를 밝혔다. 변변한 학원 하나 없는 그런 후진 동네에 온이를 보내는 건 미친 짓이라고 바락바락 소리를 질렀다.

"이온이가 당신을 선택한다니까 어쩔 수 없지만 이런 식이면 나도 곤란해. 순순히 합의해 줄 수 없어."

"내가 이온이를 어디서 키우든 당신이 상관할 바 아니잖아요. 나도 내가 원하는 곳으로 갈 권리가 있어요."

그 와중에도 엄마는 아빠에게 존댓말을 쓰고 있었다. 자신보다 열 살 많은 아빠를 중매로 만나 육 개월 만에 결혼까지 치른 엄마는 줄곧 아빠를 집안의 어른처럼 대해 왔다. 아빠가 나에게 폭력을 가하지 않았더라면 아마도 엄마는 끝끝내 이혼을 결심하지 못했을 것이다.

아빠가 마지못해 엄마와 나의 이사를 허락한 데에는 두 가지 조건이 붙었다. 하나, 대학 입시만큼은 아빠가 원하는 방향으로 따라와 충분한 성과를 낼 것. 둘, 논의의 여지없이 아버지, 즉 친가의 사업을 잇는 방향으로 진로를 정할 것. 두 가지라지만 사실상 내 인생 전체를 좌지우지하겠다는 조건인 줄도 모르고 나는 그저 고개를 끄덕였다. 그것으로 엄마에게 충분한 경제적 안정과 심리적 안정을 동시에 줄 수 있게 되었다고 생각했고 그거면 됐다고 만족했다. 엄마의 안위가 곧 나의 안위라고 굳게 믿었다.

어리석었다.

얼마나 멍청했으면 수시전형 지원이 모두 끝나도록 아무런 자각도 하지 못했다. 모두가 나의 합격을 점치기 시작하자 비로소 내가 그 미래를 전혀 원하지 않는다는 사실을 알아차렸다. 아빠의 인생을 그대로 답습해 살아가는, 어른이 된 내 모습을 상상하면 문자 그대로 숨이 막혔다. 아무리 심호흡을 해도 가라앉지 않아서 여기저기를 세게 긁고 쥐어뜯기 시작했다. 나에겐 선택권이 없으니까. 엄마를 생각하면 다른 생각을 할 수도 없으니까.

더 큰 문제는 내가 그런 삶을 원하지 않는다는 것만 깨달았을 뿐, 그 외에 어떤 삶을 원하는지는 그 어떤 실마리조차 찾지 못했다는 것이다. 그러니 그럴 듯한 대안도, 핑계도 있을 리 없었다. 그래서 그냥 있었다. 흘러가는 대로 두면 된다고, 나는 나를 집요하게 타일렀다.

반항의 불씨는 뜻밖에도 엉뚱한 곳에서 날아왔다.

"그래서 이사는 언제 올 거니?"

할머니에게서 걸려 온 전화였다. 수험 생활을 핑계로 마지막으로 인사를 드린 게 작년 추석이었다. 해마다 굵직한 명절이면 나는 엄마 없이 서울에 가서 아빠와 함께 꼬박 하루 정도를 지내다 오곤 했는데 그때마다 조부모님은 불만스러운 표정이 되어 대놓고 엄마를 힐난했다.

"걔는 거기서 도대체 하는 일이 뭐니? 애가 꼴이 이게 뭐야. 삐쩍 말라서. 수험생 체력 관리도 안 해 줘?"

"저 잘 먹어요. 친구들이랑 축구를 자주 해서 그래요."

"축구? 어쩐지 얼굴이 새까맣게 탔다 싶더니. 기어코 그 후진 동네로 가더니 아주 촌구석 애가 다 되어 가는구나. 그래서 너네 엄마는 속이 후련하다니?"

그 말미에 붙는 말은 늘 '박씨 집안 장손을 주제넘게 가로챈 년' 이었다.

엄마는 때때로 영진 이모가 아빠의 험담을 하려 들면 애 듣는 데서 아빠 욕 하는 거 아니라며 말리는 사람이었고, 아빠는 할머니가 엄마를 욕할 때마다 백 퍼센트 동의한다는 오만한 표정으로 묵인하는 사람이었다.

"아빠가 너 대학 가면 지내라고 할머니네 근처로 오피스텔을 얻어 놨는데 몰랐니?"

"제가 어디를 갈 줄 알구요?"

"A대 아니면 D대라며. 할머니 집에서 둘 다 갈 만한 거리고,

또 괜히 학교 근처에 방 잡으면 오만 거지 같은 것들 꼬인다고 네 아빠가 특별히 이 할미 집 옆으로 얻었다. 내가 수시로 가서 청소도 해 주고 반찬도 놔 주면 얼마나 좋아."

대학에 진학하고 서울로 이사를 하는 순간부터 내 삶은 맥없이 그들의 손아귀에 들어갈 것이다. 등록금과 생활비 전반을 아빠의 지원에 의지해야 하는 엄마는 힘이 없었다. 하지만 할머니의 입을 통해 구체적인 정황이 그려지자 나는 더 이상 견딜 수가 없어졌다. 나에게 이 모든 것을 포기할 '기회'가 주어질 수 있을지, 진지하게 가늠해 보기 시작한 것이다.

*

"너 지금 그게 무슨 소리야?"

"수시요. 최종 합격했는데 포기하면 정시는 지원 못 하는 거예요?"

"네가 지원한 전형은 그렇지. 잘 알고 있잖아. 그리고 다른 데 지원을 하긴 왜 해. 그보다 더 좋은 대안이 어디 있다고."

담임은 당황했는지 말이 빨라졌다.

"혹시라도 포기하고 싶어질지도 몰라서요. 그럼 꼼짝없이 재수해야 되는 거예요?"

"야 이놈아, 그게 지금 무슨 미친 소리야?"

원래도 큰 담임의 목소리가 쩌렁쩌렁 울렸다. 교무실에 있던 모두의 시선을 사로잡기에 충분한 데시벨이었다.

"그냥 여쭤보는 거예요."

담임이 내 눈빛에서 무엇을 읽었는지는 모르겠지만 나를 쳐다보는 그의 눈에선 얼핏 두려움이 느껴졌다. 다 된 일이 어그러질까봐 조마조마한 그의 마음이 그대로 전달되었다. 담임은 태세를 전환했다.

"뭔지는 모르겠지만 아직 발표 나기 전이니까 아무 생각 말고 기다려 보자."

"네. 더 생각해 볼게요."

담임은 또 한번 어조를 바꾸었다. 이번엔 엄하고 단호한 목소리였다.

"아니. 생각하지 말고 그냥 쉬어. 머리 비우고."

나는 별다른 대꾸 없이 그저 고개만 꾸벅 숙이고 교무실을 나왔다. 담임의 다음 행보를 나는 쉽게 예측할 수 있었다. 담임은 아빠에게 전화를 걸 것이다. 그러면 아빠는 엄마에게 전화를 걸겠지. 조금 비겁하긴 하지만 나는 우회로를 택했다. 내가 숨긴 폭탄을 나의 부모가 어떻게 받아들일지 기다리기만 하면 되었다. 담임의 말대로, 몇 시간 정도는 머리를 비우고 아무 생각도 하지 않겠다고 다짐하면서.

하지만 이미 나의 오른손은 왼쪽 팔등을 세차게 긁고 있었다.
마치 서로 다른 신경을 가진 것처럼 왼팔의 생생한 고통을 나의
오른 손은 모른 척하고 있었다.

담임이 아빠에게 연락해 나의 갑작스러운 심경 변화를 보고하
고, 그 얘기를 들은 아빠가 노발대발하며 엄마를 찾아오고, 아빠
의 말에 내 팔등에 난 상처를 떠올린 엄마가 후회에 사로잡히기까
지는 단 이틀이면 충분했다. 그날이 바로 나의 자해 사실이 공공
연하게 집안의 문제가 된 기말고사 전날이었다.

"아빠, 저는 아빠가 정해 놓은 진로를 원하지 않아요. 죄송해
요. 그걸 이제야 알았어요."

내 말을 듣자마자 아빠는 매서운 눈으로 엄마를 노려봤다.

"당신. 애를 어떻게 구슬린 거야? 평생 끼고 살기라도 할 작정
이야?"

"엄마는 아무 상관 없어요. 저 혼자 고민한 문제예요."

"내가 정한 진로를 원하지 않는다라… 그럼 너는 뭘 원하는데?
따로 하고 싶은 공부라도 있어?"

나는 말문이 턱 막혔다.

"그건 지금부터 생각……."

"너, 이 새끼! 네가 제정신이야?"

불호령이 떨어졌다. 아빠의 손바닥이 나의 뺨을 향하는 듯하다가 망설임 끝에 방향을 바꿔 내 멱살을 잡았다. 내 팔등에 생긴 선명한 생채기는 아빠에게도 큰 충격이었던 모양이다. 아빠는 한참을 벌겋게 달아오른 얼굴로 씩씩거리다가 며칠 내로 합격자 발표가 날 테니 그때 가서 다시 이야기하자고 했다. 엄마에게는 최종 합격자 발표가 나기 전까지 나의 일거수일투족을 철저히 감시하라는 지령을 남기고 서울로 돌아갔다.

기말고사도 모두 끝나고 수능 성적표가 나오던 날, 나는 모처럼 제 시간에 등교했다. 엄마의 서글픈 감시를 벗어나기 위한 수단이었다. 성적은 예상한 대로였고, 나의 합격 확률은 더 높아졌다. 좋아해야 하는지 실망해야 하는지 알 수 없었다.

기말고사 이후 처음 마주친 이온이가 걱정스러운 표정으로 다가왔다. 평소의 이온이처럼 다정함이 깃들어 있는 얼굴이었다. 마음 한구석에서 안도의 한숨이 나왔다.

"박온, 너 재수 고민해?"

"어디서 들었어?"

"너네 반 반장이 교무실 갔다가 들었대. 내가 아는 줄 알고 물어본 것 같아."

"……아직 나도 잘 몰라. 발표 나는 거 보고 고민 좀 해 보려고."

이온이는 내 대답과 동시에 나의 얼굴을 읽고 있었다.

"너 다른 길을 찾아보고 싶구나?"

이온이에게 만큼은 나는 그렇게 투명하게 읽힌다.

아직 고민 중이라는 내 말에, 부모님과의 한바탕을 아직 모르는 이온이는 혜연 이모에게는 비밀로 하겠다며 그 전의 실수를 다시 한번 우회적으로 사과했다. '아니야 이온아, 너는 잘못이 없어' 서툴게 속으로만 읊조리며 이온이를 쳐다보다가 눈이 마주쳤다. 그러니까 정말로, 이온이를 보고 말았다.

수도 없이 마주친 눈인데 갑자기 머리가 텅 빈 것처럼 멍해졌다. 나도 모르게, 하얗게 색을 뺀 긴 머리로 손이 가고 있었다. 정신을 차렸을 땐 이미 늦어 버려서 어떻게든 장난으로 무마시켜야겠단 생각에 머리카락을 살짝 잡아 당겼다. 초딩들도 안 할 유치한 짓이었다.

"야. 너. 머리. 이거. 잘 어울린다."

튀어나온 말 조차도 어색하고 투박하기 짝이 없었다. 이온이가 교실로 돌아간 후에도 완전히 바보가 된 기분으로 나는 한참을 그 자리에 서 있었다.

며칠 후 마침내 최종 합격자 발표가 났다. 축하가 이어졌다.

조금도 기쁘지 않았다면 거짓말이다. 그간의 노력을 인정받은 것만큼은 사실이니까. 열심히 했으니까. 내가 스스로 거머쥔 결과이니 내 손으로 내팽개쳐도 될 것 같았다.

—방금 담임한테 합격했다고 연락 받았다. 축하한다. 여전히 바보 같은 생각을 하고 있는 건 아니겠지?

아빠에게서 문자가 왔다.

—둘 다 붙었으니 등록은 당연히 A대로 해야겠지?

—A대는 학교장 추천 전형이라 합격하면 취소 안 되는 거 알고는 있지?

줄줄이 사탕처럼 연달아 도착하는 아빠의 톡에서 조급한 마음이 그대로 느껴졌다. 아빠의 조급함이 느껴지자 이상하게 나는 조금 차분해졌다. 그런데 잠시 후 도착한 문자에서 아빠의 조급함과 나의 차분함은 단박에 역전될 수밖에 없었다.

—온이 네가 이런 식으로 나오면 엄마는 어떻게 되겠니?

불안해진 아빠가 던진 자충수에 내 심장이 기분 나쁘게 뛰기 시작했다. 숨을 들이쉬고 내뱉는 자연스러운 행동조차도 온 힘을 다해야 할 만큼 어렵게 느껴졌다. 몸에 소름이 돋으며 한기가 도는가 싶다가도 얼굴로는 열이 올라 뜨겁게 타 버릴 것 같았다. 둘은 이미 이혼한 사이인데 어째서 엄마와 나는 여전히 아빠의 한마디에 좌지우지되어야 하는 걸까.

혼란스러운 감정이 뒤섞이는 가운데 문득 그런 생각이 들었다. 지금의 성과가 정말 내 힘으로 이룬 것이 맞긴 한 걸까. 그래, 누구 말대로 방학이면 특강을 듣고, 전문 컨설턴트가 설계해 준 정교한 입시 플랜을 수험 생활 내내 대동한 주제에 특권을 누리지 않았다고 자신 있게 말할 수 있을까. 아빠가 안내하는 곧게 닦인 길을 그저 무지성으로 따라간 결과가 지금의 합격인 것은 아닐까. 갑자기 모든 일에 자신이 없어졌다.

영화 감상을 위해 아이들이 강당으로 빠져나간 텅 빈 복도에 서서 창문을 열었다. 찬바람이 얼굴을 때리고 몇 분이 지나자 가까스로 숨을 쉴 수 있게 되었다. 화가 나고 슬프다가도 그러한 감정조차 귀찮게 느껴질 만큼 남아 있는 모든 힘이 빠졌다. 하필 그때 조아정이 다가왔다.

정신을 차렸을 때 나는 조아정에게 모든 분노를 쏟아 내는 중이었다. 무슨 말을 했는지도 정확히 기억나지 않았다. 허를 찌르는 그 애의 말에 괴물로 변해 버린 나는 분명 모욕적인 말들을 책임감 없이 배설했을 것이다. 나는 내가 그토록 증오하는 아빠의 모습을 그대로 흉내 내고 있었다. 조아정에게 내뱉은 나의 말들은 결코 조아정을 향한 진심이 아니었다.

하지만 허울 좋은 핑계일 뿐이었다. 조아정은 받지 않아도 될 상처를 받았고, 나는 결코 그것을 주워 담을 수 없었다. 이럴 때마다 나는 어쩔 수 없는 아빠의 아들임을 실감한다. 때때로 그를 집어삼키는, 절대로 닮고 싶지 않은 비겁한 겁쟁이가 내 안에도 있었다.

얼마 후, 임정연 선생님이 교무실로 나를 불러 조아정이 제기한 문제에 대해 조심스레 설명했다. 당황스럽다기보다는 그 애가 나에게 받은 모욕감이 너무 생생하게 느껴져서 마음이 잔뜩 구겨졌다. 그 일의 여파가 후에 어떤 식으로 흘러갈지에 대해선 전혀 생각해 보지 못했다. 진심으로 사과하면 될 일이었지만 꼭 귀찮은 일을 무마하기 위해 사과하는 것처럼은 보이기 싫어서 나는 쓸데없이 뜸을 들였다. 그 사이 일이 터져 버렸다. 내가 조아정과 친해지기 어려웠던 또 다른 이유 중 하나, 조아정의 오빠들이 끼어든 것이다.

그 형들의 기세는 익히 알고 있었다. 한 학년 아래로 여학생들이 입학하자마자 그들이 한 짓은 여자 아이들의 얼굴과 몸매로 순위를 정하는 일이었다. 친동생이 그 반에 있는데도 그런 짓을 서슴지 않았다. 당연히 그 중에는 이온이도 있었다. 그 목록은 우리 학년 남자애들 사이에서도 인기를 끌었고 단톡방에 자주 등장하는 주제이기도 했다. 거기까진, 그래도 참았다.

−얼굴은 귀여운데 몸매가 아쉬운 애들 진화시킴 엌ㅋㅋ

어느 날, 이온이를 포함한 몇몇 여자애들의 얼굴에 성인 영화 배우의 몸을 조악하게 합성한 사진이 올라왔다. 나는 그 길로 단톡방에서 퇴장했고 다음 날 형들이 있는 반으로 올라갔다.

"그런 사진 함부로 올리는 거 불법이에요."

"뭐지 이 귀여운 새끼는?"

"쟤 걔잖아, 박온. 박호남인가 뭔가 엄마들 사이에서 존나 유명한 사람 아들. 완전 부자라던데."

"뭐 그런 새끼면 선배한테 이렇게 건방지게 굴어도 돼?"

그때부터 시작된 그들의 은근하고 치졸한 괴롭힘은 그들이 졸업할 때까지 계속되었다. 그렇다고는 해도 영리한 두 형제가 아빠의 힘을 알아보았는지, 결정적인 선을 넘는 경우는 없었다.

하지만 조아정과 친하게 지내는 것만큼은 좀처럼 잘되지 않았다. 이온이 말대로 조아정이 아무리 자기 오빠들을 싫어한다 해도 결국 가족이었다. 가족과 묶여 평가받는다는 게 때로는 얼마나 억울할 수 있는지 아빠의 유명세 때문에 익히 알면서도 그렇게 생각했다.

그 형들이 커뮤니티에 쓴 글이 문제가 되기 시작했을 때, 그래도 조금은 조아정이 의도한 일이었을 거라고 멋대로 짐작했다. 은근하게 종용하지 않았을까, 제 오빠들이 날 싫어하는 걸 잘 알 테니 그 점을 영악하게 이용하지 않았을까, 솔직히 조금 의심했다. 하지만 고소 건을 앞두고 아빠와 통화하는 조아정 엄마의 크고 확신에 찬 목소리를 듣자마자 그 생각들이 철저한 나의 오해였음을 단숨에 깨달았다.

"솔직한 말로 우리 아들들은 죄가 없어요 대표님. 이게 다 아정이 그 기지배가 저지른 일이에요. 그 전에는 제가 잘못 알았어요. 아정이한테 사과도 시키고 다시는 그런 말 퍼뜨리지 않도록 단단히 교육시킬게요. 그러니 우리 애들 고소는 말끔하게 없던 일로 해 주시죠."

조아정의 엄마가 말하는 '우리 애들'에 조아정은 들어 있지 않았다. 아빠의 강경한 태도에 겁을 먹은 그녀는 상황이 복잡해지기 전에 바로 딸을 포기할 태세를 갖추었다.

나는 조아정을 대신해 마음이 쓰렸다. 두 어른이 자꾸만 이온이를 귀찮게 하는 것도 신경에 거슬렸다. 내가 대학을 포기할까 말까 하는 문제가 이렇게까지 나비효과처럼 커져 다른 사람들을 힘들게 한다는 현실이 견딜 수 없었다. 내가 마음대로 되지 않자 자꾸 다른 쪽으로 폭주하려는 아빠를 달래기 위해 나는 결국 이 말을 할 수밖에 없었다.

"제가 다시 잘 생각해 볼게요. 합격자 등록도 저한테 의논 없이 마음대로 하셨잖아요. 다 알고 있어요. 근데 그것도 아시죠? 그거 당사자인 제가 다시 취소할 수도 있어요. 그러니까 일단 고소는 보류해 주세요. 그리고 이온이한테도 자꾸 전화하지 마세요. 저 그러면 진짜 대학 안 가요."

나의 말에 아빠의 기세는 맥이 빠질 정도로 쉽게 꺾였다.

그러고는 전에 없던 조심스러운 태도로 나에게 물었다. 친분이 있는 청소년 심리 상담가에게 말을 해 뒀으니 서울에 와서 상담을 받았으면 좋겠다고. 명령이 아닌 부탁이었다.

처음 있는 일에 나 역시 한번도 해 본 적 없는 솔직한 대답을 했다. 조금 고민해 봐도 괜찮겠냐고. 아빠는 굳은 얼굴로 기다리겠다고 했다.

이제 나머지 일은 나에게 달려 있었다.

나의 선택만이.

그러고보니 온전히 내 손에 달린 선택은 처음이었다.

문제가 심각했다. 아무리 머리를 굴려 보고 눈을 굴려 봐도 갈 대학이 없었다. 물론 갈 수 있는 대학이 하나도 없는 것은 아니었다. 그런데 굳이 꼭 어딘가를 가야 할 만큼 하고 싶은 공부가 있는 것도 아니었다. 성적에 맞춰 어디라도 갈 거면 적어도 관심 있는 진로 하나쯤은 있어야 하는 것 아닌가.

"아니, 이온아. 대학을 간다는 게 꼭 평생 그 공부만 하라는 뜻은 아니야. 졸업해서 전혀 다른 길로 가는 사람도 많아."

아빠는 재수보다는 지금 성적에 맞춰 집에서 가까운 대학이라도 진학하길 원했다.

"엄마는 네가 일년 정도는 더 공부해 봐도 괜찮을 것 같아. 솔직히 김이온이 수능 공부를 그렇게 열심히 했다고 볼 순 없잖아?"

엄마는 재수도 괜찮다는 쪽이었다. 돈이 많이 들지 않는 인터넷강의 위주로 해도 지금보다는 등급이 오르지 않겠냐는 계산이었다.

엄마와 아빠의 제안 모두 일리가 있었다. 문제는 내 마음이었다. 12월 내내 결론 없이 지속되던 고민은 원서 접수가 본격적으로 시작되는 1월이 되어서도 끝날 기미가 보이지 않았다.

"시리야, 나는 공부가 열심히 하고 싶은 걸까?"

오죽 답답했으면 아이폰에 대고 질문을 던졌다. 시리는 아주 빠르게 답변을 주었다.

"잘 모르겠습니다. 하지만 원하시면 인터넷으로 '나는 공부가 열심히 하고 싶은 걸까?'를 검색해 드릴까요?"

바보야. 그건 어디에 검색해도 정답이 없어. 시리에게 말했지만 이번에도 역시 무슨 말씀인지 잘 모르겠다는 답만 메아리처럼 돌아올 뿐이었다. 나 자신이 한심하게 느껴졌다. 수능이 끝난 후로는 줄곧 나 자신이 한심했다.

하지만 12월이 지나가며 달라진 것이 하나 있었다. 본격적으로 운동을 시작했다는 것. 한심하더라도 건강하게 한심하자는 담임 선생님의 제안을 따라 보기로 한 것이다.

멀쩡한 두 다리와 운동화만 있으면 할 수 있는 달리기부터 시작했다. 유튜브로 러닝 채널을 찾아 구독했다. 날이 추워 몸을 제대로 풀지 않으면 부상으로 이어질 수 있다고 하길래 웜업 동작부터 차근차근 따라 했다. 그래도 운동신경은 있는 편이라고 생각했는데 수험 생활을 핑계로 방치했던 근육들이 비명을 질렀다.

'아 그래, 사람이 원래 몸 구석구석 근육이 있는 게 당연한 거지.'

새삼 인체의 신비를 느꼈다.

박온이 축구공 하나를 가지고 운동장에서 두세 시간 넘게 뛰어다닐 땐 도저히 이해할 수 없었는데, 달리며 땀에 흠뻑 젖어 보니 알 수 있었다. 몸을 움직여 정직하게 내는 땀이 얼마나 상쾌하고 기분 좋은지, 숨이 차고 심장이 빠르게 뛰는 동안 머리는 얼마나 가뿐해지는지.

운동을 시작해도 하필이면 러닝이냐고 아정이는 불평이었다. 졸업식 사진을 남기기 전에 살을 빼야 한다며 나를 따라 운동을 시작한 참이었다. 엄마가 죽어도 피트니스 센터에 등록을 안 해 준다며 아정이는 진작부터 잔뜩 뿔이 나 있었다.

"짜증나. 작년에 오빠들 대학 붙었을 때는 새 옷에, 피부과에, 그 난리를 떨었으면서. 난 심지어 딸인데!"

"저기요. 여기 대학 못 가는 사람도 있거든요. 그렇게 계속 투덜대실 거면 운동하는데 방해되니까 그만 비켜 주실래요?"

춥다고 몸을 움츠리고 떨면서도 제대로 뛰지는 않고 설렁설렁

걷기만 하는 아정에게 면박 투로 말했다. 제법 쌀쌀맞은 태도였는데도 웬일로 아정이는 수긍하는 표정이 되었다.

"어, 미안."

"야! 네가 그렇게 순순히 미안해하면 내가 더 비참하잖아! 대학 못 가는 게 뭐 대수냐?"

아정이는 곤란한 얼굴이 되었다가 그래도 할 말은 해야겠다는 듯 답했다.

"응. 대수긴 하지."

"뭐야 너! 너 진짜 집에 가! 빨리!"

"아, 진짜 미안 미안. 운동해, 나 신경 쓰지 말고."

맞지. 수능 본 고3이 대학에 못 가는 게 절대로 작은 사건은 아니지. 나는 머릿속으로 곱씹으면서 다시 발을 힘껏 구르기 시작했다. 분명 이보다 더 신경이 쓰여야 할 것 같은데 이상하게 괜찮았다. 문제가 그대로 있는데도 별로 불안하지 않다니, 이건 또 다른 경지의 한심함인가? 그런 생각이 들다가도 숨이 턱 밑까지 차오르자 이내 잊었다.

"너 박온이랑은 어떻게 되어 가고 있어?"

하여튼 조아정 저거 궁금해서 어떻게 참고 살까, 운동이 끝나자마자 이 순간만을 기다렸다는 듯 묻는 아정에게 웃음이 나왔다. 하지만 딱히 업데이트해 줄 정보가 없었다. 아, 한 가지 있다면

박온에 대한 내 마음만큼은 시간이 갈수록 더 명확해지고 있다는
것, 그것뿐이었다.

"뭐 없어. 요즘 걔 얼굴도 거의 못 봐. 심리 상담 받는다고 계속
서울 왔다 갔다 하고 있거든."

"아직도 고민 중이래?"

"응, 웬일로 걔네 아빠가 입학 전까지 마음껏 고민하라고 했대."

"야, 근데 박온이 입학하기로 결정하면 너 걔 보고 싶어서 어쩌
냐. 서울 은근히 멀다, 너?"

나를 놀리는 말이 아니었다. 박온에게 자석처럼 달라붙은 내 마
음을 제대로 이해했기 때문에 할 수 있는 말이었다.

아직까지 구체적으로 상상해 본 적은 없다. 엎어지면 코 닿을
거리에 사는 소꿉친구. 주말이면 한집에 모여 국적불명의 브런치
를 먹으며 일주일 치 밀린 수다를 떨던 또 다른 형태의 가족. 엄
마를 속여야 할 일이 있을 때마다 서로의 알리바이가 되어 주던
동지.

박온이 멀어지면 얼마나 많은 것들이 동시에 사라져 버릴지 잘
알고 있었지만 그걸 벌써부터 걱정하고 싶지는 않았다.

아정이 말 없이 내 등을 쓸어 내렸다. 전혀 춥지 않다고 생각했
는데 아정이의 따뜻한 손바닥이 등에 닿자마자 더 따뜻해지고 싶
다는 생각이 들었다. 나도 아정이의 등을 토닥였다. 그러다 문득

이런 말이 나왔다.

"아정아. 나는 너 서울 가는 것도 사실은 되게 속상해. 네가 원하는 대학에 들어간 건 정말 축하하는데, 그래도 헤어진다고 생각하면 좀 서글퍼."

"뭐야, 이제야 나의 소중함을 깨달은 거야?"

아정이는 장난스럽게 넘기려다가 내가 한껏 침울한 표정으로 고개를 끄덕이자 다시 목소리를 가다듬었다.

"알아. 나도 너랑 멀어진다는 거, 딱 그거 하나 아쉬워. 그리고 진심으로 축하해줘서 고마워."

"자주 연락하면 되지 뭐" "우리 우정 포에버" 뭐 이런 흔하고 유치하고 기약 없는 말들을 늘어놓지 않는 우리의 이별 준비가, 나는 제법 마음에 들었다. 약간은 어른이 된 것 같은 기분이랄까. 은발, 아니 하얗게 센 백발에 잘 어울리는 장면이었다고 나는 두고두고 그 순간을 떠올렸다.

"으. 추워 디지겠네."

아정이가 바짝 팔짱을 꼈다. 그런데 내 마음 속에서 또 한번 기가 막힌 일이 벌어졌다. 느닷없이 박온이 생각난 것이다. 지금의 아정이와 나의 거리처럼, 다정하게 팔짱을 끼고 몸을 바짝 붙이고 걷는 박온과 나의 모습이 예고도 없이 머릿속을 점령했다.

"아. 정말 미치겠네."

"왜. 뭐가? 어? 너 얼굴 빨갛다. 감기 걸린 거 아니야?"

아정이는 붉게 달아오른 내 얼굴을 보며 호들갑을 떨었다. 나 역시 차라리 감기였으면 좋겠다고 생각하며 고개를 세차게 저었다.

"아무것도 아니야. 슬슬 갈까?"

"추로스 사 줄까? 추로스 먹으러 가자."

"괜히 지가 먹고 싶으니까 사준대."

운동도 하는 둥 마는 둥 한 주제에 추로스까지 먹겠다는 아정이의 빈약한 다이어트 의지를 실컷 놀려 주며 나는 패딩을 입었다. 땀이 식으면서 조금 춥긴 했지만 그래도 지퍼를 끝까지 올리지는 않았다. 바람이 통할 만큼 열어 두고 한쪽은 뜨겁게, 한쪽은 차갑게, 감정의 온도가 서로 섞이는 것을 그대로 느끼고 싶었다.

대학은 아직이지만 뭐 일단은, 이대로도 괜찮다는 생각이다.

1월,
조아정의 정답

우정이의 크리스마스 파티에 다녀온 이후로, 하루하루 우정이 커플의 인스타를 보는 재미로 살고 있다. 어딜 그렇게 쏘다니는지 매일같이 다른 풍경, 다른 스토리가 올라왔다. 커플 계정을 통해 우정이의 남자친구가 한 박자씩 늦게 올리는 정돈된 이미지는 우정이가 본인의 계정에 마구잡이로 올리는 날것의 게시물과는 느낌이 굉장히 달랐다. 깊은 애정이 느껴지는 이미지들이었다. 부러운 마음과 멋진 친구가 생겼다는 설렘이 동시에 찾아왔다.

크리스마스 파티를 앞두고는 해가 거꾸로 뜨는 것 보다 더 쇼킹한 일이 있었다. 조정우와 조정수가 제 발로 찾아와 나에게 사과를 한 것이다. 굉장히 불성실한 태도의 사과였지만, 그래도 사과는 사과였다.

"무슨 바람이 들었어?"

"뭐가 바람이야 바람은. 미안하다는데 그냥 좀 받아라."

"전혀 미안한 것 같지 않은 태도인데 지금?"

"아 진짜 이 새끼가."

조정우가 제 분을 못 이기고 윽박 지르려고 하자 조정수가 조정우의 옆구리를 쿡 찔렀다. "참아, 새끼야" 속삭이는 목소리가 꼴에 비장했다. 심지어 엄마조차도 귀하신 오빠들이 내 앞에 머리를 조아리는 모습을 멀찌감치서 지켜보며 팔짱을 낀 채 방관할 뿐이었다. 정말 이상한 날이었다.

나는 본능적으로 알 수 있었다. 이런 특급 기회는 쉽게 오지 않는다는 것을. 그냥 넘기면 나중에 두고두고 후회할 거라는 예감이 들었다. 재빨리 머리를 굴렸다.

"알았어. 사과 받아 줄게. 대신 이번 달 오빠들 용돈 다 나 줘."

두 명 분의 용돈을 합치면 못해도 100만원은 넘을 것이다. 큰돈이지만 그동안 내가 놓친 기회들의 값어치를 생각하면 어림 반 푼어치도 없는 금액이었다. 그렇다고는 해도 정말로 들어줄 거라고는 생각하지 못했다. 그냥 한번 질러 본 말이었는데, 전부는 아니어도 용돈은 좀 탈 수 있지 않을까 기대하며 낸 잔꾀였는데, 엄마가 대신 알겠노라 고개를 끄덕였다. 조정우와 조정수는 동시에 비명을 질렀다.

"엄마! 그게 무슨 말도 안 되는 소리야!"

"니들은 조용히 해! 잔말 말고 이번 달 용돈은 다 아정이한테 가는 줄 알아. 어차피 방학이라 너희는 돈 쓸 일도 없잖아. 필요하면 나가서 알바라도 하던가!"

조정우와 조정수가 씩씩거리는 모습을 보며 나는 슬그머니 엄마 옆으로 다가섰다.

"지금 이체해 주세요. 바로 확인하게."

엄마는 눈을 흘기면서도 내가 보는 앞에서 정확히 120만원을 이체했다. 그러니까 이 말은, 저 거지같은 오빠놈들이 한 달에 60만원씩이나 받고 있다는 말이 되지만, 아니지, 어쩌면 그보다 더 받고 있었는지도 모르지만, 어쨌든 나로서는 횡재였다.

두둑해진 지갑으로 일박의 외박을 통보하고 나는 우정의 크리스마스 파티 초대에 응했다. 평소라면 꿈도 꾸지 못했을 외박을 허락받고, 과감히 고급 베이커리의 커다란 초코 생크림 케이크를 주문했다. 행복했다. 행복하고 기쁘다는 감정이 다른 부가적인 감정과 섞이지 않고 투명하게 느껴진 것이 아주 오랜만이라는 생각이 들었다. 엄마의 차별은 앞으로도 계속될 테지만, 결국 기숙사에는 들어가지 못하고 분명 오빠들의 뒤치다꺼리나 하며 통학을 해야겠지만, 그래도 조금씩 나만의 길이 보이는 것도 같았다.

유쾌한 파티가 끝나고 우정의 집에서 밤 늦도록 수다를 떨었다. 길고 긴 시간 오빠들과의 일화를 털어 놓는 동안, 우정이는 단 한 번도 지루한 기색을 내비치지 않았다. 마침내 이야기가 용돈을 가로챈 대목에 들어서자 우정이는 종이컵을 내밀며 건배를 외쳤다.

"나이스~ 건배!"

"건배라고? 이거 술이야?"

"아니, 콜라야. 근데 네가 원하면 맥주 한 잔 정도는 줄 수 있어."

그러더니 우정이는 "여기요, 어머님!" 하고 큰 소리로 자기 엄마를 소환했다.

"이번 달부터 엄마가 엄마 앞에서는 맥주 한 캔 정도는 마셔 봐도 된다 해서 나는 몇 번 마셨어. 되게 맛 없는데 시원하긴 해. 아, 마셔 봤을 수도 있겠구나? 그랬다면 그것도 오케이. 나 편견 없어."

"마셔 본 적은 없고 냄새는 많이 맡아 봤지. 대학생 오빠들 때문에."

이미 몸 속으로 들어가 고약한 냄새를 풍기는 알코올의 위력은 알고 있었지만 시원한 김이 서린 맥주 캔을 내 몫으로 받아 보긴 처음이었다. 우정이의 엄마는 그래도 마음이 쓰이는 듯 주저했다.

"아정이 엄마한테 허락도 안 받은 채로는 조금 불안한데. 우정이야 내 딸이니까 상관 없지만."

"괜찮아요, 아줌마! 저 딱 한 모금만 마셔 볼게요."

"그래 엄마, 아정이 개인적으로 축하할 일이 있어서 그래. 어차피 자고 갈 텐데 뭐, 응?"

우정이와 똑같은 눈매를 가진 우정이의 엄마는 잠시 고민하더니 박력 있는 동작으로 맥주 캔을 따서 유리컵 세 개에 조금씩 나눠 따랐다.

"그래! 그럼 아줌마까지 셋이서 나눠 마시자. 무슨 일인지는 모르겠지만 다같이 축하해 볼까?"

"건배!"

"건배!"

"그럼 저도, 건배! 켁켁……."

멋모르고 한입에 꽤 많은 양을 털어 넣은 나는 시원하게 쏟아지는 탄산과 생각보다 쓴 맛에 당황했다.

"야! 음료수 아니라고!"

우정이의 웃음보가 터졌고, 우정이의 엄마는 당황해서 얼른 물 한 컵과 냅킨을 내어 왔다.

"아정아 괜찮니? 혹시라도 기분이 이상하거나 속이 울렁거리면 말해. 어휴, 아줌마 때문에 아정이 엄마 속상하시겠네."

우정이 엄마의 살뜰한 보살핌에 나의 엄마가 떠올랐다. 이온이도 우정이도 이토록 자연스러운 엄마와의 대화가, 어째서 내게는 우주 정복보다도 어렵게 느껴지는 걸까. 오빠들 문제가 아니더라도 나와 엄마는 좀처럼 결이 맞지 않는 사람이었다. 그 생각만 하면 나는 언제나 조금 울적해졌다.

"괜찮아요 아줌마, 우리 엄마 별로 관심 없을 거예요. 저 엄마랑 별로 안 친해요."

"그래? 하긴, 모든 엄마랑 딸이 다 잘 맞는 건 아니니까."

우정이의 엄마가 대수롭지 않다는 듯 말했다. 나를 괜히 안쓰러워하면 어쩌나, 뱉어 놓고도 아차했는데, 정작 아줌마는 아주 담담한 표정이었다.

"그래도 두 사람은 친하잖아요."

"얘랑 친하게 지내려고 내가 무진장 노력하는 거야. 내가 우리 엄마랑 더럽게 안 친했거든."

우정이의 엄마는 우정이의 볼을 세게 꼬집으며 말을 이었다.

"이 기지배 얼마나 말을 안 듣는 줄 아니? 내가 진짜 많이 봐준다 너, 응?"

"맞아. 아정이 네 앞이라 지금 되게 우아한 척하는 거지, 우리 엄마도 폭발하면 장난 아니야."

우정의 엄마는 자기 앞에 놓인 잔에 맥주를 마저 따르며 넋두리하듯 말했다.

"모녀관계는 절대로 딸의 노력만으로는 안 돼. 그러니까 아정이 너도, 우정이 너도, 엄마들한테 너무 애쓰지 않아도 돼. 일단은 너희들 일상을 알차게 꾸리는 데 집중해. 그러다 보면 어느 날 저절로 풀리기도 하니까. 알았지?"

알다가도 모르겠는 우정이 어머니의 그 말을, 나는 두고두고 곱씹었다. 1월이 오고, 어색할 정도로 고요해진 집안에서 한 발짝 떨어져 지켜본 엄마는 내 기억보다 더 지치고 나이 들어 보였다.

설거지를 할 때도, 빨래를 개킬 때도, 중얼중얼 혼잣말로 다음 계획을 되새기는 엄마는 일상의 작은 행복과 소소한 웃음을 완전히 잊은 사람처럼 보였다. 쌍둥이 아들을 낳은 다음 해에 계획에 없던 딸까지 낳아 주변의 도움 하나 없이 키우는 일이 쉽지는 않았을 것이다. 엄마의 젊은 날을 상상하다 보면 조금은 딱한 마음이 들기도 했다.

'엄마도 머릿속이 복잡한 사람인 건 분명해. 내가 엄마를 닮았나.'

언젠가 엄마도 마음의 여유가 생기면 나와 더 많은 이야기를 나누고 싶어 할지도 모른다. 하지만 언제 올지도 모를 미지의 그날을 위해 계속 상처받으며 기다리고 싶지는 않다. 혹시나 그런 날이 영영 오지 않아도 괜찮도록, 내가 나를 대신 아껴 주면 되지 않을까.

그러니 나는 나만의 일상을 소소한 행복으로, 더 알차게 꾸려 나가기로 했다. 늘 관심의 뒤쪽일 수밖에 없는 집을 잠시 벗어나 나만의 세상을 더 단단히 다져 나가기로 한다. 그러다 보면 우정이 어머니의 말대로 저절로 일이 풀릴 수도 있으니까.

일단은, 재밌게 살아야지. 1월의 나는 그런 결론을 내렸다.

일전에 아빠가 조아정의 형들이 일으킨 문제를 더 크게 키운 이유는 나에게도 있었다. 그렇지 않아도 내가 휘청거리는 꼴을 눈 뜨고 볼 수가 없는데, 그런 구설수까지 생길 만큼 약한 모습을 보였다는 사실을 받아들일 수 없었을 것이다. 바짝 엎드려도 모자랄 판에 그쪽 집에서도 큰소리를 치니 자존심도 상했을 것이다.

상담을 받으며 대학 문제를 재고해 보겠다는 조건으로 아빠의 고소 건은 생각보다 쉽게 마무리가 되었다. 나는 아빠와 거래하는 법을 잘 알고 있었다. 학교를 다니면서 나 역시 책잡힐 만한 일을 몇 번 했다고, 그 형들이 제기한 문제가 전부 거짓은 아니라고, 조금의 과장을 보태 아빠를 겁주었다. 그러니 고소를 할 게 아니라 회유를 해야 한다고 말했다. 협박 후의 그럴듯한 회유는 아빠에게 아주 익숙한 패턴이다. 적당한 보상을 쥐여 주고 원하는 방향으로 상대방을 이끄는 것, 그것이 아빠의 주특기였으니까.

아빠의 회사에서 주관하는 대학생 해외연수 프로그램은 경쟁률이 세기로 유명하다. 그 프로그램에 그 형들을 우선순위로 넣어 주겠다는 조건으로, 다시는 게시물을 올리지 않겠다는 각서와 나의 요구 사항 하나를 은근슬쩍 끼워 넣었다.

나의 요구 사항은 단순했다. 곤란한 상황을 만들고 책임을 떠넘기려 했던 사실을 인정하고, 조아정에게 진심으로 사과할 것. 조아정과 형들을 한 패거리로 묶어 생각했던 나의 과오에 대해 그런 식으로라도 화해를 청하고 싶었다.

그리고 약속대로, 나는 상담을 시작했다.

*

"온이는 요즘 어떻게 지낼까? 그냥 솔직한 기분을 말해 주면 되는데."

아빠가 연결해 준 청소년 심리 상담사는 아빠의 지인이라는 것이 믿기지 않을 정도로 수수한 차림을 한 아빠 또래의 여자였다. 선생님보다는 아줌마 소리가 저절로 나오는, 전혀 전문가처럼 보이지 않는 상담 선생님에게 나는 무슨 말부터 해야 할지 도무지

감이 잡히지 않았다.

"음. 그냥 좀, 혼란스러워요."

한참을 뜸 들이다 고작 한마디 했을 뿐인데도 상담 선생님은 아주 대견하다는 표정을 지어 보였다. 그다음 말을 재촉하지도 않았다.

"선생님 차 한 잔 내려도 될까?"

선생님은 다기를 꺼내면서 찻잎의 향을 맡았다. 나에게도 권하면 거절해야지, 생각했는데 선생님은 그저 자기 몫의 차를 천천히 우리기만 했다. 뜨거운 물에 티백을 넣고 위아래로 몇 번 휘젓다가 단 몇 분도 기다리지 못하고 빼 버리는 아빠의 다급한 손짓과는 전혀 다른, 아주 느리고 섬세한 동작이었다. 나도 모르게 넋을 놓고 쳐다보게 되었다.

"온이가 마시기엔 좀 쓸 거야. 향은 기가 막힌데. 거기서 향만 실컷 맡아."

그러고도 한참을 차를 우리고 향을 음미하고 천천히 마시며 시간을 끌었다. 그런 식으로 두 번의 상담이 성과도 없이 끝났다.

나는 좀이 쑤시기 시작했다. 상담 선생님이면 상담 선생님답게 시간 내에 이것 저것 질문이 많아야 할 것 같은데 이 선생님은 어떻게 된 게 나 말고는 딱히 예약이 없는 사람처럼 굴었다. 그러다가 어느 날은 대뜸 피식 웃으며 말했다.

"나 어렸을 땐 너희 아빠랑 사이 엄청 안 좋았다?"

"아빠랑 친구셨어요?"

"친구였던 건 아니지. 지금 친구지. 어렸을 땐 친하지 않았다니까?"

"아… 그런데 지금은 왜 친구 해요?"

"이 일을 오래 하다 보니까 네 아빠가 좀 다르게 보이더라고. 우리끼리 얘기지만 좀 불쌍해 보였다고 해야 하나?"

"불쌍해요? 우리 아빠가요?"

"응. 자기 마음도 잘 모르고, 표현하는 것도 서툴고, 그래서 늘 오해를 사고, 실수를 하고, 또 외로워지고, 후회하면서도 바보같이 반복하고. 불쌍하지. 그것도 엄청."

나는 항상 불쌍한 쪽은 엄마라고 생각했다. 힘도 없고, 약하고, 잘 울고.

아빠는 돈도 많고, 권력도 있고, 화도 잘 내고, 그래서 늘 어려운 사람이라고만 생각했다. 그런데 상담 선생님은 그런 아빠가 불쌍하다고 말하고 있었다.

"저는 잘 모르겠어요. 아빠는 늘 자기가 생각한 길을 강요하니까, 그냥 어렵고 무섭고 그래요."

상담 선생님은 마시던 찻잔을 조심스럽게 내려 놓으며 고개를 천천히 끄덕였다.

"충분히 그렇게 느낄 만하지. 그런데, 그런 너희 아빠가 나를 찾아와서 울었다면 믿을래?"

"울어요? 우리 아빠가요?"

"오늘 온이가 아빠의 새로운 면을 많이 듣네. 응. 이건 우리끼리 비밀인데 니네 아빠, 나 찾아와서 한참을 울었어. 그것도 엉엉. 박호남 울면 되게 못생겨지는데, 온이는 그거 모르지?"

내가 내 몸에 스스로 낸 상처를 보고 상담 선생님을 찾아간 아빠는 길을 잃은 어린아이처럼 울었다고 했다. 내 상처가 아빠에게도 상처가 될 수 있구나. 그래, 아빠도 부모니까 어쩌면 당연한 말인데도 나에겐 새삼스러웠다.

그날의 상담도 그것으로 끝이었다. 선생님은 나의 감정이나 내가 왜 대학 입학을 꺼리는지에 대해서는 단 한 번도 묻지 않았다. 아빠 역시 약속 시간에 맞춰 잘 다녀왔냐고만 물을 뿐 구태여 캐묻지 않았다.

그냥 기다려 주는 아빠라니, 그런 아빠는 어색했다. 우는 아빠가 상상이 되지 않는 것과 마찬가지로.

일곱 번째 상담이 있던 날, 선생님은 합격한 대학교를 제대로 거닐어 본 적이 있느냐고 물었다. 없다는 내 말에, 그러면 안 되지, 하며 고개를 절레절레 흔들었다. 포기할 땐 포기하더라도 내가 뭘 포기하는지 정도는 알고 있어야 한다고 했다. 그저 아빠가 마련한 길을 거부하고 싶어서 내가 얻어 낸 성과가 무엇인지도 모르고 겁을 내는 건 어리석은 짓이라고 했다.

"합격까지 달려오면서 거기에 정말로 온이 의지는 하나도 없었니?"

나는 쉽게 대답할 수 없었다. 나에게 공부는 그렇게 괴로운 영역이 아니었다. 답이 있고, 답을 내고, 답을 더 잘 알아내기 위해 하는 훈련이라고 생각하면 어느 정도는 즐길 수도 있었다.

"그냥 부담 없이 가 봐. 이 시기의 캠퍼스는 좀 휑하긴 할 텐데, 가볍게 산책한다 생각하고 여기저기 둘러 봐. 지나가다 강의실에서 계절학기라도 하고 있으면 슬쩍 들어가 앉아도 보고."

"그냥 들어가 앉아요? 그래도 돼요?"

"사람이 많은 강의면 티도 안 날 거고, 뭐라고 하면 그냥 예비 신입생이라 그래. 웬만하면 귀엽게들 봐 줄걸?"

그날 저녁 나는 이온이에게 전화를 걸었다. 캠퍼스를 홀로 덩그러니 배회하는 상상에 가장 먼저 떠오른 사람은 이온이었다.

"야. 서울 안 올래? 하루 놀자. 맛있는 거 사 줄게."

"둘이서?"

"그럼 언제는 너랑 나랑 둘이 안 놀았냐?"

"뭐하게. 너 사람 많은 데 싫어하잖아."

"그냥. A대나 한번 가 볼까 해서. 가서 그냥 여기저기 걸어 보려고."

재수가 거의 확정인 이온이에게 합격한 대학 캠퍼스를 같이 걸어 보자고 하는 게 괜찮은 소리인 걸까, 확신이 서지 않았다. 하지만 이온이는 아주 호탕한 목소리로 대답했다.

"오! 야! 빡온! 그거 진짜 좋은 생각이다! 웬일로 그런 기특한 생각을 다 했대? 그래, 그냥 무작정 포기하는 건 말이 안 되지. 같이 가자! 대신 메뉴는 내가 고른다! 나 디저트도 먹을 거야!"

뭐야 김이온. 하여튼 얘는 진짜.

결정적인 순간마다 나를 움직이고 싶게 만드는 이온이의 이상한 능력이 또 발휘되었다. 조금 전까지만 해도 갈팡질팡하던 마음이 이온이가 동의하는 순간 꼭 해야만 하는 일처럼 느껴진 것이다. 이제는 이온이와 함께 캠퍼스를 걸어 보지 않으면 견딜 수 없을 것만 같았다.

날씨는 춥겠지만, 따뜻하게 껴 입고 아무 얘기나 하면서 캠퍼스 구석구석을 구경해 봐도 괜찮겠지. 이온이랑 같이 가는 거니까, 최대한 긴 시간 그렇게 걸어도 참 좋겠다. 마음이 쿵쾅거렸다.

아빠가 원해서가 아니다. 내가 궁금하니까, 한 번은 가 보기로 했다. 중간에 그만둔다고 해도 아무도 말릴 수 없을 테니까. 내 결정권은 그때도 유효할 테니까. 나는 우선 걸어 보기로 한다.

그래, 일단은 한 발짝 움직여 보기로 한다.

졸업,
임정연 선생님의 인사

안녕 나의 학생들,

졸업식이라고 이런 편지를 써 본 적은 없었는데 이번에는 좀 유난을 떨고 싶네.

삼 년 내내 너희를 맡으면서 모든 순간이 순탄했다고 하면 거짓말이겠지.

아마 너희도 내가 지긋지긋하게 느껴지던 순간들이 많았을 거야.

그래도 우리가 낙오자 없이 여기까지 올 수 있었던 건 늘 고맙게 생각하고

있어.

음, 낙오자라고 하자마자 움찔거리는 학생들이 몇 있을 텐데,

대학에 가지 못했거나 혹은 진로를 정하지 못했다고 움츠러드는 거라면,

여기서 분명히 말하지만 절대로 그런 마음은 가지지 않으면 좋겠어.

너희는 자꾸 '이제 끝이다' '새로운 시작이다' 이런 말들을 하는데

선생님 생각은 조금 다르단다.

아무것도 끝이 아니고, 아무것도 시작이 아니야.

너희는 그저 언제나 가는 중인 거야.

나 역시도 가는 중이지.

때로는 방향이 정확하지 않고, 잠깐 멈출 수도 있어.

그래도 알지? 뒤로는 못 가는 거.

그러니 우리는 늘 진행 중인 것 아니겠니.

지금도 어딘가로 나아가는 중인 나의 제자들아,

때때로 내가 그저 너희의 입시 도우미였던 건 아닐까, 고민하게 돼.

그 일관된 목표를 떼어 놓고 그저 한 사람으로서 알아 갈 수 있던 기회가 턱

없이 부족했다는 것도 알아. 지금도 그 점이 가장 아쉽고 안타까워.

하지만 앞으로 너희에게는

나 말고도 무수히 많은 인연들이 생기고 또 스쳐갈 테니까,

그 안에서 충분히 채워지고 또 채워 주는 사람이 되길 진심으로 바란다.

졸업을 축하한다.

역경 뒤엔 언제나 무수히 많은 행운이 허락되길,

그리고 많이 웃는 날들이 이어지길.

안녕.

어른이 되어 또 만나자.

그리고

졸업식 이후 마구잡이로 흩어졌던 책상과 의자들이 다시 열을 맞춘다.

뜨겁고 차갑던 모든 날들에 교실을 지키던 아이들은 이제 각자의 세상으로 옮겨 갔다.

하지만 교실은 쉴 틈이 없다.

그다음 아이들이 또 다른 뜨겁고 차가운 날들을 위해 준비하고 있으니까.

결말은 없다.

계속 이어지는 이야기만 있을 뿐이다.

어제도.

오늘도.

내일도.

너에게도.
나에게도.

정답은 아직이다.

작가의 말

이 소설을 쓰기에 앞서 입시 시스템에 대한 정보를 수집했다. 고작 며칠 알아보고도 머리가 지끈 아파 왔다. 비슷한 걸 계속 검색해서 그런지, 이후 내 알고리즘엔 사교육과 관련된 콘텐츠들이 물밀듯이 쏟아졌다. 선행先行에 대해, 수행평가에 대해, 입시 포트폴리오에 대해, 전문가들은 차고 넘쳤고 수요도 못지 않았다.

'학교 공부 열심히 하고 최선을 다해 수능을 보면 점수에 맞는 대학에 지원할 수 있다.' 아주 간단한 명제지만 행간에는 수많은 괄호가 숨겨져 있었다. 나는 입시생이 아닌데도, 내 아이는 이제 겨우 초등학교 저학년인데도 덩달아 마음이 불편해졌다.

불안을 부추기며 몸집을 키우는 시장. 얕게나마 내가 겪은 교육 시장은 그러했다. 기꺼이 그 흐름에 몸을 맡기지도, 그렇다고 완전히 다른 길을 가지도 못하고 어정쩡하게 서 있는 나를 발견했다. 나조차도 이러할진데, 당사자인 학생들의 심정은 어떨까.

입시 칼럼을 쓸 계획이 아니었으므로 입시는 그저 소설 속 배경에 머물러야 했기에 많은 부분을 덜어내고 이야기를 쓰기 시작했다. 마구잡이로 모은 정보 속을 헤치고 들어가 그 안에서 하루하루를 살아내고 있을 주인공들을 만났다.

반가웠다. 자칫 복잡해질 뻔한 세계가 아이들을 만나니 비로소 명료해졌다. 수시든 정시든 어쨌거나 아이들이 온전히 존재해야

가능한 이야기였다.

이온과 아정이, 온이에게서 나의 모습이 보였다. 열여덟, 열아홉의 내가 그 아이들 안에 조금씩 흩어져 있었다. 그 아이들에게 정해진 답을 주기보다는 어떻게든 나아가는 방법을 보여 주고 싶었던 것 같다. 이것조차도 어른의 얄팍한 꼼수이려나.

어른.

스무살이 되면 성인이 되지만 곧바로 어른이 되지는 않는다. 그건 거의 불가능에 가깝다. '나는 아직 너무 어린 것 같은데' 라는 마음으로 어영부영 살다 보면 어느 날 문득 어른의 언저리에 와 있음을 느낀다. 그 느낌을 나의 어린 독자들에게 살짝 미리 알려 주자면, 솔직히 조금 서글프다.

그런데 우리가 어른에 대해 쉽게 간과하게 되는 게 있다. 나 역시도 어른에 익숙해지며 자주 망각하는 자명한 사실. 그러니까 성인이라면 누구나 십대를 통과했을 수 밖에 없다는 자연의 섭리였다.

아이와 어른 사이에 낀 짧고도 찬란한 그 시절은 누구에게나 왔다 간다. 시대가 변해도 시절은 변하지 않으니까. 그럼에도 우리는 왜 서로를 그렇게 낯설어 할 수 밖에 없는 걸까. 모두가 지나쳐 왔으면서 왜 여전히 완벽히 이해하지 못하는 걸까.

어린 아이를 키우고 있는 나는 열여덟, 열아홉의 아이들을 보면, 이제는 과거의 내가 아닌 아이의 미래를 겹쳐 보게 된다. 그 서툰 아이들이 보여 주는 생명력에 마음을 홀랑 빼앗기고 만다. 섣불리 저지르고 말 실수마저도 응원해 주고 싶다. 나는 무엇이든 계획대로 거침없이 돌파하고야 마는 엄마친구자식 같은 인물들보다는, 이리로 치이고 저리로도 치여 보고, 또 멍하게 멈춰 있다가 퍼뜩 정신을 차리는 젊은 영혼들이 그렇게 좋다.

소셜 미디어에서 너도나도 '갓생'을 외치고 흑역사 하나 없는 인생사를 찬양해도, 나는 그 기류에 결코 동의할 수 없다. '뻘짓' 해도 괜찮다고, 남에게 상처 주는 일만 아니라면 인생사에 오점 하나 남는다고 세상 무너지지 않는다고, 오히려 그 샛길의 역사가 너를 더 특별한 캐릭터로 만들어 줄 거라고. 누군가는 그것이 소위 정신 승리라고 비웃어도, 이미 일어난 일이라면 정신적으로라도 승리를 해야지 어쩌겠냐며 도로 비웃어 주라고 말하고 싶다.

그리고 미안하지만, 좋은 대학에 들어가고 좋은 직업을 가져도 세상은 여전히 문제투성이일 거라는 말도 해 주고 싶다. 그러니 기초 체력을 키워 보자고. 어쨌든 같이 한번 잘 어울려 살아 보자고. 어른에게는 아직은 어른이 아닌 너희들이 꼭 필요하다고. 이러한 말들로 넌지시 내 마음을 전한다.

아이들의 마음을 더 깊이 헤아리고 어루만져 주고 싶은 바람으로 이 소설을 썼다.

충실히 먹은 나이 덕에 나는 이미 너무나도 어른이지만, 이 소설을 쓰며 잠시나마 다시 새파란 봄으로 돌아가는 기분을 느꼈다.

이 시대에 십대를 보내고 있는 모두에게,
이미 그 시절을 견뎌 온 이들에게,
그리고 어렸던 나에게 마지막으로 덧붙인다.

당신, 십대를 무사히 통과한 것만으로도 훈장을 받아 마땅하다.

2025년 2월의 어느 날 한파의 끝자락에서
따스함을 담뿍 담아,
이준아

정답은 아직이야

© 이준아, 2025

초판 인쇄 ǀ 2025년 3월 18일
초판 발행 ǀ 2025년 3월 27일

지 은 이 ǀ 이준아
펴 낸 이 ǀ 서장혁
책임편집 ǀ 이지원
마 케 팅 ǀ 최은성
디 자 인 ǀ 이새봄

펴 낸 곳 ǀ 토마토출판사
주　　소 ǀ 서울시 마포구 양화로161 케이스퀘어 727호
T E L ǀ 1544-5383
홈페이지 ǀ www.tomato4u.com
E-mail ǀ story@tomato4u.com
등　　록 ǀ 2012. 1. 11.
I S B N ǀ 979-11-92603-77-3 (03810)